AF236835

Luise Büchner
Weihnachtsmärchen für Kinder

Luise Büchner
Weinachtsmärchen für Kinder

1.Auflage
Taschenbuch – Literatur - Klassiker
Herausgeber Frank Weber, Marburg
Bibliografische Information der Deutschen Nationalbibliothek:
Die Deutsche Nationalbibliothek verzeichnet diese Publikation in der
Deutschen Nationalbibliografie; detaillierte bibliografische Daten sind im
Internet abrufbar über http://dnb.dnb.de
© 2020 Luise Büchner
ISBN: 9783752672053
Herstellung und Verlag: BoD – Books on Demand, Norderstedt

Inhalt

Weihnachtsmärchen für Kinder, Luise Büchner   7

1. Erzählung:
Die Geschichte von der Frau Holle   8

2. Erzählung:
Die Geschichte vom Knecht Niklaus   17

3. Erzählung:
Die Geschichte vom Christkind und vom Nikolaus   25

4. Erzählung:
Die Geschichte vom Christkind-Vogel   33

5. Erzählung:
Die Geschichte vom Kräutchen Eigensinn   41

6. Erzählung:
Die Geschichte vom Tannenbäumchen   45

7. Erzählung:
Die Geschichte vom kleinen naseweisen Mädchen   53

8. Erzählung:
Die Geschichte vom Weihnachtsmarkt   69

Weihnachtsmärchen für Kinder

Luise Büchner

»Liebe Tante,« sagte eines Abends, grade acht Tage vor Weihnachten, die kleine Mathilde, »du erzählst mir immer von dem Christkindchen, aber gar nichts von seiner Mama. Sage mir doch, wer sie gewesen ist und wo sie gewohnt hat.«

»Nun, wenn du hübsch ruhig sitzen und zuhören willst und der Georg auch, dann will ich euch alles erzählen, was ich von dem Christkindchen, von seiner Mama, dem Knecht Nikolaus und dem Eselchen weiß.« – Es war sehr still und behaglich in Tantens Zimmer; im Ofen knisterte das Feuer und draußen auf der Straße der Schnee, wenn jemand vorüberging. Die Lampe brannte noch nicht, aber es war doch nicht ganz dunkel im Zimmer, denn die Gasflamme vor dem Fenster warf ihren flackernden Schein herein und malte bald tiefe Schatten, bald bunte Lichter auf die Wände und streifte mit glänzendem Schimmer die grünen Pflanzen und Sträucher des Blumentisches. Eine bessere Stunde zum Geschichtenerzählen als diese gibt es nicht. So rückten denn Mathildchen und Georg ihre kleinen Stühle ganz dicht an den Stuhl der Tante, und sie begann ihre Märlein und erzählte jeden Abend ein neues, bis endlich am neunten Abend und nachdem das letzte Märlein erzählt war, das liebe Christkind selber kam, um alle Märchen und Träume der Phantasie zu verwirklichen und überflüssig zu machen.

Die Geschichte von der Frau Holle

Vor ganz undenklich langer Zeit, da gab es noch gar kein Christ-kindchen, sondern nur eine Frau Holle, die wohnte nicht weit von uns auf der höchsten Spitze der Odenwaldberge, auf der kalten, windigen Böllsteiner Höhe. Die schönen Odenwaldberge waren damals noch nicht, wie jetzt, bis fast hinauf mit fruchtbaren Feldern und üppigen Wiesen bedeckt, sondern es zogen sich bis fast zu ihrem Fuße hinab dunkle Wälder, in denen Hirsche und Rehe herumsprangen, und wo eine Menge von Köhlern wohnten, die ganze Gebirge von Kohlen brannten und diese dann hinunter in die Ebene zum Verkauf brachten. Zwischen den Wäldern aus Tannen- und Buchenbäumen aber wuchs noch ein kleiner Wald von Ginstern, so daß es im Frühjahr, wenn sie blühten, aussah, als sei der ganze Odenwald mit Gold bestreut. An diesen gelben Blüten naschten Millionen Bienchen den süßen Blumenstaub, und waren sie abgeblüht, dann kamen die Besenbinder, schnitten die Reiser ab und banden Besen davon. Für die Bienchen aber blühten nun ganze Felder von Heidekraut, und schien der Odenwald zuvor gelb, so war er jetzt an einzelnen Stellen fast rot. Wenn dann aber auch die Heide all ihre Süßigkeit hergegeben hatte und zu verblühen begann, so flogen die Bienchen hinunter in die Täler und brachten ihren Honigseim den Bäckern, die köstliche braune Lebkuchen davon machten. – So schön war es damals im Odenwald und ist es zum Teil noch, wenn es auch nicht alle Leute wissen und sehen.

Auf der höchsten Spitze aber, auf dem Böllstein, war schon zu jener Zeit ein großer freier Platz, der von hohen Tannen eingefaßt war, und auf dem eine Menge Steine und Felsen umherlagen. Da hatte die gute Frau Holle ihren Sitz und konnte über die andern Berge hinweg weit hinaussehen in das Land, bis an den Rhein, den Main und den Neckar. Sie liebte alle Menschen, die da herum wohnten in Städten und Dörfern, sie kannte sie alle und belohnte und bestrafte sie, je nachdem sie es verdienten. Andererseits kannte jedermann die Frau Holle; die Guten liebten und die Bösen fürchteten sie, denn sie sah mit ihren hellen, durchdringenden Augen rings umher alles, was geschah. – Die Frau Holle hatte auf dem Böllstein kein Haus, in dem sie wohnte, und wer am hellen Tage über den Berg ging, der merkte nichts von ihr; in lauen Sommernächten aber hörte man zwischen den Bäumen hervor ein Kichern und Zischeln und Lachen, daß es den Leuten ganz sonderbar zumute ward, und daß sie lieber einen weiten Umweg machten, ehe sie über den Berg gingen. Im Winter, wenn die Tage am kürzesten waren, sah man auch manchmal ein helles Feuer auf dem Böllstein glänzen, aber nur von weitem, denn da lag der Schnee ellenhoch, und es hätte sich keiner hinaufgetraut, wie auch keiner den Pfad kannte, der zwischen den Felsen durch unter die Erde und gerade hinein in Frau Hollens goldnen Saal führte, in dem sie wohnte. Der Saal war wunderschön; er hatte goldne Wände und eine silberne Decke, die von Säulen aus blauen Steinen getragen ward. Da drinnen saß die Frau Holle, umgeben von einer ganzen Schar kleiner Engelein, die rosenrote Flügel an den Schultern trugen und an Stelle der Kleider in ihre langen, blonden Locken gehüllt waren, welche ihnen bis auf die kleinen Füße herabfielen. Mit den Engelein arbeitete die fleißige Frau Holle Tag und Nacht; sie spannen, strickten und webten, daß es eine Lust war. Wenn aber der Frühling kam, dann stieg Frau Holle herauf auf die Erde, zog ein langes, grünes Kleid an, setzte einen Kranz von Kornblumen und Ähren auf und fuhr in einem goldnen Wagen, den zwei schneeweiße Kühe zogen, über das ganze weite Land, das sie von ihrer Höhe aus übersehen konnte.

Wo sie vorüberkam, streute sie Samenkörner aller Art aus, und bald darauf prangte die Erde in den verschiedenartigsten Farben. Hier breitete eine grüne Wiese ihren Blumen-teppich aus, dort wogte ein reifendes Kornfeld, daneben lag ein Acker mit blühendem Flachse wie ein blaues, über die Erde ausgespanntes Tuch, und gelbe Rapsfelder durchschnitten gleich langen Bändern die Flur nach allen Richtungen. Das alles ließ die gute Frau Holle wachsen – aber nur auf den Feldern der fleißigen Menschen. Auf denen der faulen dagegen ließ sie Disteln und Unkraut emporschießen. Wenn dann die Erde so schön geschmückt war, fuhr sie wieder heim in ihren goldnen Saal, und nur an milden Sommerabenden, wenn der Mond schien oder die Sterne flimmerten, stieg sie mit den Engelein wieder herauf, und da tanzten sie auf dem dichten Heidekraut, das den Böllstein bedeckt, den Ringelreihen, wozu alle Vögel im Walde musizierten. So trieben sie es den ganzen Sommer und Herbst über. Aber wenn die Blätter anfingen abzufallen und die Nordwinde zu sausen, da ward es gewaltig kalt auf dem Böllstein, so daß man sich des Nachts lieber in ein warmes Bett steckte, statt draußen herumzutanzen. Der Frau Holle ging es auch so, und sie befahl den Engelein, ihr Federbett zurechtzumachen und es tüchtig aufzuschütteln. Wenn die Engelein das hörten, waren sie sehr vergnügt; es gab für sie keine größere Lust, als Frau Hollens Bett zurechtzumachen. Sie schüttelten und rüttelten an den Federn, und eines warf unter lautem Lachen das andere hinein, so daß die Flocken bis über den Rhein und den Main hinüberflogen und stoben. Da sagten die Leute drunten im Tale und in der Ebene: »Es wird Winter, die Frau Holle schüttelt ihr Bettchen aus!« und sie holten die Pelzkappen und Pelzröcke hervor und steckten sich tief hinein. Die Frau Holle hatte aber auch einen dicken, warmen Pelzrock und eine Pelzmütze, die zog sie nun statt des schönen Kranzes über die Ohren.

Für die Engelchen waren kleine Pelzröcke und Pelzkappen da, und wenn es ein schöner Winterabend war, zogen sie von der Böllsteiner Höhe aus und folgten der Frau Holle, wohin diese sie führte. Die Frau Holle war eine überaus fleißige und reinliche Frau und haßte nichts so sehr als Schmutz und Faulheit. So wie sie im Sommer die faulen Landwirte strafte, so machte sie es im Winter mit den schmutzigen und faulen Frauen und Mädchen. Darum kam sie des Abends in die großen Stuben, wo die Mütter und Töchter zusammensaßen und spannen, strickten und nähten. Sie setzte sich zu ihnen, arbeitete mit ihnen und gab genau acht, wer seine Sache gut machte. Wenn ein Kind ein schönes, reines Strick- und Nähzeug hatte, fand es am andern Morgen in seinem Körbchen eine hübsche neue Puppe oder ein Bilderbuch oder einen großen braunen Herzlebkuchen. – Den Strümpfen aber, die überall Jahresringe von Schmutz zeigten, und den Hemden und Schnupftüchern, die genäht waren, als ob sie von Sackleinen wären, war die Frau Holle todfeind. Da kamen die Engelein in der Nacht, fielen mit langen, feinen Scheren über die schlechte Arbeit her und zerschnitten sie in tausend kleine Stückchen, und wo ein unordentlicher Spinnrocken stand, da zerrupften und zerzupften sie ihn so gründlich, daß auf der Welt nichts mehr damit anzufangen war. Kamen dann am andern Morgen die unordentlichen Mädchen und Kinder an ihre Arbeit, so fanden sie die Bescherung, aber keine Christbescherung, keine Puppe, kein Bilderbuch, sondern nur schmutzige Fädchen und Läppchen, und hatten die Schande und den Spott obendrein.

Den schmutzigen Mamas aber ging es am allerschlimmsten: da brachten die Engelein in der Nacht lange Besen mit und fegten den Schmutz aus den Ecken hervor, wo man ihn hineingesteckt hatte. Sie kehrten alles an die Türschwelle, das gab oft einen Berg fast so hoch wie das

Haus, und wenn die Leute am Morgen zur Türe hinauswollten, waren sie in ihrem eigenen Schmutz gefangen und mußten ihn erst hinwegschaffen, ehe sie wieder frei sich bewegen konnten. Auf diese Weise ward es wenigstens einmal im Jahre sauber im Hause, und es wäre ein rechtes Glück, wenn die Engelein jetzt auch noch manchmal zum Fegen in die Häuser kämen. Weil es aber jetzt so ungeheuer viele Bücher gibt, in denen alles, was die Frauen und Mädchen tun sollen, geschrieben steht, denken sie, sie könnten sich die Mühe sparen und brauchten kein gutes Beispiel mehr zu geben. Die Bücher tun es aber nicht allein, das sieht man deutlich alle Tage, und die Zeiten waren oft besser, wo die Frau Holle das schönste Beispiel für alt und jung gewesen. Wenn die fleißigen Mamas ihre Töchterchen recht loben wollten, dann wußten sie nichts Besseres zu sagen, als: »Du machst es fast so schön wie die liebe Frau Holle.«

Die gute Frau saß oft halbe Nächte lang bei den fleißigen Leuten. War sie aber müde und sehnte sich nach Hause in ihr weiches, warmes Bettchen, dann stand sie auf, öffnete das Fenster und warf das Klüngel Garn, das sie gesponnen hatte, hinaus, indem sie das eine Ende festhielt. Dann rief sie freundlich: »Gute Nacht, ihr lieben Leute!« setzte sich auf den Faden und ritt auf demselben so schnell wie der Wind hinauf nach dem Odenwald und grade in ihren goldnen Saal hinein. Da merkten es erst die Leute, wen sie zum Besuch gehabt, und waren nun noch einmal so fleißig. So lebte die gute Frau Holle viele, viele, viele Jahre lang, da fühlte sie auf einmal, daß sie ein wenig alt und schwach werde und nicht mehr so recht fort könne. Im Frühling und im warmen Sonnenschein über Land zu fahren, das ging noch an, aber die Wintergeschäfte wollten ihr gar nicht mehr behagen. Es war auch ein schlechter Spaß, bei Schnee und Eis, bei Wind und Wetter auf einem Zwirnsfaden durch die Nacht zu reiten.

Nun hatte die Frau Holle einen lieben, alten Freund, das war der Storch. Der war weit gereist, hatte alle möglichen fernen Länder und Menschen gesehen und wußte immer guten Rat. Der kam einmal im Sommer zu ihr auf Besuch, denn im Winter ist es ihm im Odenwald viel zu kalt. Dem klagte sie ihre Not und sagte: »Lieber Storch, ich bin alt und gar allein, da möchte ich gern ein Töchterchen haben, mit dem ich spielen und das ich hinunter zu den Menschen schicken könnte, um die Fleißigen und Braven zu belohnen und die Faulen und Bösen zu bestrafen. Du bist so weise und gelehrt und bringst allen Menschenfrauen die kleinen Kinder, da muß es dich doch auch freuen, wenn die Kinder brav und gut werden und etwas lernen.«

»Ganz gewiß, Frau Holle, das versteht sich von selbst«, klapperte der Storch.

»Wenn ich nun ein kleines Mädchen hätte, würde ich es so lieb und fromm machen, daß alle Kinder ihm gleichen und von ihm geliebt sein möchten. Lieber Storch, bringe mir von deiner nächsten Reise ein kleines Töchterchen mit.«

»Meine liebe Frau Holle,« sagte der Storch, »das tue ich ja herzlich gern; das schönste, beste und frömmste Kind, das ich auf Erden finden kann, will ich euch hierherbringen. Aber nur ein wenig Geduld.«

Frau Holle nickte, und der Storch flog fort.

Der Sommer verging, und der Herbst und der Winter kamen mit Macht. Frau Holle schaute jeden Tag sehnsüchtig hinaus, ob der Storch nicht käme, aber vergebens. Sie ward ganz traurig und wollte gar nicht mehr ausreiten, wie sehr auch die Menschen unten auf der Erde sich nach ihr sehnten. Die Engelein taten, was sie konnten, um sie aufzuheitern. Sie schüttelten und rüttelten Frau Hollens Bettchen und jagten die Federn so hoch in der Luft herum, daß die Flocken ringsum fußhoch lagen und Menschen und Tiere darin steckenblieben. Darüber wollte sich denn das kleine Volk halbtotlachen, aber Frau Holle lachte nicht, sondern befahl ihnen nur, den Unsinn unterwegs zu lassen. – Die Tage wurden kürzer und kürzer, die Nächte länger und länger, und endlich kamen die paar allerkürzesten Tage, in denen die Sonne kaum Zeit hat hervorzugucken und bald wieder fort muß. Eben war sie wieder im Sinken begriffen, da zeigte sich ein schwarzer Punkt über dem Odenwald, der kam näher und näher, und wäre es nicht schon so dämmerig gewesen, hätte man leicht den Gevatter Storch erkennen mögen. Das war ja in dieser Jahreszeit eine seltene Erscheinung; er war es aber wirklich, und er flog geradezu herauf auf den Böllstein und an Frau Hollens Fenster. Er schlug mit seinem langen Schnabel daran und rief: »Geschwind, liebe Frau Holle, geschwind! Macht auf, mich friert ganz erbärmlich!« Schnell rissen die Engelein das Fenster auf und ließen den Gevatter Storch herein.

»Da bin ich,« sagte er, »ich komme weit, weit her aus einem heißen Lande, wo die Sonne fast nicht untergeht, und habe euch von dort das schönste, beste und frömmste Kind mitgebracht, das auf der ganzen Erde zu finden war.« Mit diesen Worten legte er ein kleines, schneeweißes Kindlein, das er vorsichtig im Schnabel trug, auf Frau Hollens Bett. Als sie das hörte und sah, stieß sie einen Freudenschrei aus, und die Engelein jauchzten laut auf. Das war ein Vergnügen! Das Kindchen machte seine Augen weit auf, die waren so durchsichtig blau wie der schönste Sommerhimmel, dabei hatte es eine Menge kleiner, goldner Löckchen auf dem Kopf und – das war das schönste – zwei kleine, schneeweiße Flügel an den Schultern. Der Storch, der als ein weiser Mann nicht gern viel Worte machte, deutete auf die Flügel und sagte kurz: »Damit es nicht auch auf dem Zwirnsfaden reiten muß«, worauf Frau Holle glückselig nickte und das liebe Kind immer wieder von neuem herzte und küßte. Die Engelchen freuten sich fast nicht weniger als Frau Holle und schrien und lärmten nach

Herzenslust. Der Storch aber machte ein ernsthaftes Gesicht und sagte: »Schweiget jetzt alle einmal und hört, was ich euch zu sagen habe. Ich dachte immer an das, was ich Frau Hollen versprochen hatte, und bin durch die ganze Welt geflogen, ohne daß ich bei den Menschen ein Kindlein finden konnte, das lieb und fromm genug war, um ihr Töchterlein zu sein. So ward es Herbst und Winter, und meine alten Augen waren zuletzt ganz müde vom Suchen. Da kam ich heute in ein fernes, fernes Land, wo das ganze Jahr über die Sonne scheint und Frucht und Blüte nie vergehen. Dort war es schon Nacht, als es hier noch Tag gewesen, aber das Dunkel erhellte ein großer, heller Stern mit so wunderbarem Glanze, wie ich noch nie gesehen. Der Stern schoß pfeilgeschwind durch die Luft, und ich flog ihm nach, bis er über einer kleinen, niedern Hütte stehenblieb. Ich sah hinein, da lag in einer Krippe ein wunderschönes, herrliches Kind, von dem ein noch hellerer Glanz als von dem Sterne ausging. Rings um die Krippe schwebten Engelein auf goldnen Wolken, die sangen so schön und lieblich, wie ich noch nie etwas gehört. Das Kind aber lächelte mich so freundlich an, daß ich dachte, dies ist das Kind, das ich Frau Holle bringen möchte, denn ganz gewiß ist es das liebste und beste auf Erden.

Da rief eine Stimme neben mir, von der ich nicht weiß, woher sie gekommen: ›Willst du es mit dir nehmen, daß es den kleinen Menschenkindern in deinem Lande stets ein Kind bleibe? Das Kind, von dem sie lernen, was Güte, Liebe und Gehorsam ist, selbst dann noch, wenn es schon lange das Licht geworden, das die ganze Welt erhellen und mit neuem Glanze verklären wird.‹

Im nächsten Augenblick fühlte ich mich mit dem Kinde emporge-hoben und wie im Sturm durch die Luft getragen, ohne daß ich meine Flügel zu bewegen brauchte, und da bin ich nun, Frau Holle, und Ihr besitzet das Kind, das Ihr Euch so heiß gewünscht, das gute fromme Kind, dem die

Menschenkinder in allem Guten nacheifern sollen, das freundliche Kind, das ihnen Freude spendet, wenn sie brav sind, aber auch das zürnende, das die Unartigen bestraft.« Während der Storch geredet, weinte Frau Holle heiße Tränen still in ihren Schoß, und selbst den mutwilligen Engelein wurden die Äuglein vor Rührung trübe. Dann kniete sie neben dem Bette nieder, auf welchem das Kindlein lag und sprach: »Ja, ich kenne dich, du bist das Licht der Welt, das über uns gekommen, und vor dem meine Macht zu Ende geht. Die deutschen Kinder aber sind doppelt glücklich zu preisen vor allen anderen. In unsere deutschen Wälder und Täler bist du niedergestiegen als Kind, und in ihnen bleibst du jetzt als Kind bis in alle Ewigkeit und wirst allen Kindern das schönste und herrlichste Vorbild sein!«

Nun aber hielten sich die Engelein nicht länger, auch ihnen war ja die himmlischste Nacht angebrochen, die sie je gesehen, und sie wollten diese in Jubel und heller Freude begehen.

Sie zündeten ihre Kerzchen an, mit denen sie in den lauen Sommernächten zwischen den Büschen und Gesträuchen herumtanzen, und flogen damit auf die Fichten und Tannen, die den Böllstein umgeben. Es war wunderschön anzusehen, wie die vielen Lichter zwischen dem dunklen Grün der Tannen glänzten und schimmerten. Frau Holle war ganz entzückt davon; sie nahm das Kindlein auf den Arm und trug es hinaus, ihm die Pracht zu zeigen. Da machte es die schönen Augen weit auf und lächelte holdselig; die Engelein aber sangen:

> *»Sei gesegnet, Christkindlein,*
> *Denn so sollst du heißen,*
> *Weil noch nie so hold und rein*
> *War ein Kind zu preisen!*
> *Wer dich sieht, wird fromm und gut,*
> *Muß vor dir sich neigen,*

Oh, so nimm in deine Hut
Kindlein, die dir gleichen!«

»Ja,« sagte Frau Holle, indem sie das Kindlein hoch
emporhob zu den vielen Lichtern und den ewigen,
glänzenden Sternen, »so soll es werden, und so glücklich
wie ich jetzt bin, sollen fortan in dieser Nacht alle guten,
braven Menschen und Kinder sein – es ist eine Weihnacht
für mich und für die ganze Welt. Übers Jahr, wenn du
größer bist, gehst du hinunter, wo die Menschen wohnen,
bringst ihnen schöne Gaben und zündest ihnen
schimmernde Kerzen an grünen Bäumen an, damit ihnen
die lange Winternacht so hell und freudig werde, wie sie
eben uns geworden ist.«
Da klatschten die Engelein in die Hände und riefen: »So soll
es sein! Jedes Jahr wird nun den guten, braven Kindern das
Christkind neu geboren werden!« Darauf gingen sie wieder
alle in den schönen goldnen Saal, der Storch flog fort – und
nun wißt ihr die Geschichte von der Frau Holle und dem
Christkind, dessen Geburtstag wir sehr bald wieder feiern
werden!

Zweite Erzählung

Die Geschichte vom Knecht Nikolaus

So war nun also das Christkindlein da und wurde von Frau
Holle und den Engelein mit der größten Zärtlichkeit
gepflegt. Waren sie vorher fleißig gewesen, so wurden sie
es jetzt noch viel mehr. Den ganzen Tag arbeiteten sie für
das liebe Kind, das mit erstaunlicher Schnelle heranwuchs,
im Frühjahr bereits sprechen und laufen konnte und, als
der Sommer vorbeigegangen, schon fast so groß war, wie
die Mägdlein drunten im Tal, wenn sie das erstemal zum

Tanz unter die Linde gehen. Die Engelein fingen Sonnen- und Mondesstrahlen, haschten die Morgennebel und die feinsten Spinnwebe, die zu finden waren. Daraus fertigten sie Christkindskleider und einen langen, faltigen Schleier, den sie mit glänzenden Tautropfen bestickten. – Je mehr das Christkind heranwuchs, um so schöner und lieblicher wurde sein Angesicht, um so süßer seine Stimme und um so holdseliger sein Lächeln.

Als es aber nun Herbst war, dachte Frau Holle ernstlich daran, wie nun die Weihnacht nicht mehr ferne sei, und daß ihr liebes Kind bald hinunter auf die Erde ziehen müsse; aber sie fürchtete sich, es so ganz allein in die kalte, dunkle Winternacht hinauszuschicken. Außerdem sollten ja auch nur die guten Kinder belohnt und die bösen bestraft werden – das Christkind war aber viel zu gut, um dies über sein Herz bringen zu können. Es blieb nichts anderes übrig, man mußte ihm einen Gefährten suchen, der es beschützen und auch den bösen Leuten ein wenig Furcht einjagen konnte.

Nachdem sich die Frau Holle dies genugsam überlegt, zog sie eines Tages wieder ihr schönes, grünes Kleid an, setzte einen Kranz von Astern auf und bestieg den goldnen Wagen mit den zwei schnee-weißen Kühen. Neben ihr saß das Christkind in einem rosenroten Gewand, auf welches goldne Sterne gestickt waren, über dem Kopf trug es den feinen, langen Schleier, den eine Goldkrone festhielt. Sie fuhren den ganzen Tag herum, die Kreuz und Quere, ohne daß Frau Holle fand, was sie suchte. Endlich kamen sie gegen Abend in ein kleines, grünes Tal, durch das ein lustiges Bächlein strömte, welches am Ende des Tales eine Mühle trieb. Neben dem Bächlein saß ein Mann, der hatte langes, schwarzes Haar, einen schwarzen Bart und ein sehr braunes Gesicht. Vor ihm lag ein Haufen schlanker Reiser und Gerten, von denen er Besen band, und er mußte sehr fleißig gewesen sein, denn eine Menge fertiger Besen lag schon neben ihm.

Frau Holle hielt ihren Wagen an und sagte freundlich: »Guten Abend, lieber Mann!«

Der Mann brummte mürrisch, ohne aufzusehen: »Guten Abend!«

Frau Holle ließ sich nicht abschrecken und fuhr fort: »Wie heißt du denn, lieber Mann?«

»Nikolaus,« brummte er ebenso mürrisch als zuvor, »und ich bin auch kein lieber Mann.«

Frau Holle lachte: »Warum denn nicht, wer hat dir denn etwas getan?«

»Niemand!« knurrte er wieder, »es sollte mir auch nur einer kommen!«

»Nun, wer sagt denn, daß du kein lieber Mann bist?«

»Das sagen alle bösen, unartigen Kinder, die ich durchaus nicht leiden kann«, antwortete der Nikolaus, und sah dabei das gute Christkindchen ganz scharf und durchdringend an; es lächelte aber nur freundlich dagegen, denn es wußte ja, daß es sich nicht zu fürchten brauche.

»Ei, lieber Nikolaus, da geht es mir grade wie dir,« antwortete Frau Holle, »und nun sage mir auch noch, wozu du bei deinen großen Besen die vielen kleinen liegen hast, mit denen kann man doch nicht fegen.«

»Ha, ha,« lachte der Nikolaus, »das ist meine Erfindung; die kleinen Besen sind Ruten für die ungezogenen Kinder. Wenn ich den Müttern meine Besen verkaufe und ich höre, daß unartiges kleines Volk im Hause ist, schenke ich ihnen eine tüchtige Rute, um die bösen Schreier damit gehörig durchzubläuen. Da haben sie denn eine gewaltige Furcht vor mir, und wenn ein Kind nicht gleich folgen will, sagt die Mutter nur zu ihm: ›Schweig gleich still, sonst kommt der Besenbinder Nikolaus und bringt dir eine Rute.‹«

»Ach, lieber Nikolaus,« sagte Frau Holle, »wir passen ja ausgezeichnet gut füreinander; sage mir nun auch noch, wo du herkommst.«

»Da,« sagte er und deutete auf die Berge, »da hinter dem Böllstein bin ich her; dort steht mein Häuschen, in dem ich mich im Winter ausruhe und auf der warmen Ofenbank mein Pfeifchen rauche.«

»Verstehst du denn sonst gar nichts als Besen binden, lieber Nikolaus?«

Den Nikolaus machte das viele Fragen ungeduldig; er hatte immer fortgearbeitet und warf nun einen fertigen Besen zu den übrigen, daß es laut klatschte und das Christkindchen ganz erschrocken in die Höhe fuhr. »Ha, ha!« rief er, »hast du auch Respekt vor den Ruten?«

»Stille, stille, Nikolaus,« sagte jetzt Frau Holle gebieterisch, »mein Kind braucht keine Ruten; gib mir schnell Antwort auf das, was ich dich fragte.«

Zum erstenmal sah jetzt der Nikolaus die Frau Holle und das Christkind ordentlich an; da ward ihm ganz sonderbar zumute. Er stand auf, zog seine Mütze ab, kratzte sich hinter den Ohren und sagte dann: »Na, ich weiß nicht, wie das kommt, aber so lange, wie mit Euch, habe ich noch mit niemand im Leben gesprochen, und ich muß Euch auf alles Antwort geben, wenn ich auch gar nicht will. Eigentlich bin ich ein Lebkuchenbäcker, und keiner im ganzen Odenwalde kann süßere und würzigere Lebkuchen machen als ich. Wenn ich aber nun so im Sommer mit meinen Lebkuchen zum Verkaufe herumzog, an die Fenster klopfte und dann oft drinnen in den Stuben den Schmutz und Unrat haufenweis herumliegen sah, da habe ich mich ganz entsetzlich geärgert, denn nichts ist mir unausstehlicher als der Schmutz. Ich hätte längst geheiratet, wenn ich mich nicht vor dem Schmutze fürchtete.«

Frau Holle strahlte vor Freude: »Lieber, lieber Nikolaus, du gefällst mir außerordentlich gut«, rief sie entzückt.

Der Nikolaus lächelte geschmeichelt und sah Frau Holle wieder von oben bis unten an: »Ihr scheint mir wirklich eine saubere Frau zu sein«, fuhr er fort; »doch hört nur: Da dachte ich, Besen sind den Menschen notwendiger als Lebkuchen, denn die gute Frau Holle fegt nicht mehr bei ihnen wie früher. So verlegte ich mich denn aufs Besen- und Rutenbinden, ziehe mit meinem Eselchen im Lande herum, und wo eine schmutzige Wirtschaft mit unartigen Kindern ist, fahre ich hinein, daß es eine Art hat. Dabei verlernt man es freilich, ein lustiges Gesicht zu machen.«

Als Frau Holle das hörte, wußte sie sich vor Freude kaum zu lassen; sie reichte dem Nikolaus ihre schneeweiße Hand, neben der seine großen, harten Finger noch einmal so dunkel aussahen, und rief: »Lieber Nikolaus, komme mit mir, ich will dich in ein so reinliches Haus führen, daß du gewiß deine Freude daran hast.«

Da schüttelte er aber den Kopf und sagte: »Bewahre, da wird nichts draus, ich muß zu meinem Eselchen, das steht drunten in der Mühle im Stall, ich muß die Nacht bei ihm schlafen.«

»Das Eselchen nehmen wir auch mit,« versetzte Frau Holle, »eile dich und hole es.«

»Ja, wohin geht es denn?«

»Das wirst du schon sehen, eile dich, eile dich!«

Der Nikolaus mußte tun, was Frau Holle sagte, mochte er wollen oder nicht; er raffte seine Besen und Ruten zusammen, warf sie in Frau Hollens Wagen und zuletzt noch einen großen Sack, in dem es gar sonderbar rumpelte und rappelte, so daß das Christkind mit seinem feinen Stimmchen fragte: »Was hast du denn da drinnen, lieber Nikolaus!«

»Da habe ich Nüsse und Äpfel drin, die schenke ich den braven und artigen Kindern.«

»Ei, lieber Nikolaus, so kannst du also auch gut sein?« rief Christkindchen ganz erfreut.

»Versteht sich, kann ich das; wer nicht ordentlich strafen kann, kann auch nicht ordentlich belohnen. Willst du jetzt einen dicken, rotbäckigen Borsdorfer Apfel, denn du scheinst mir sehr lieb zu sein?«

Christkindchen dankte schön, nahm den Apfel und biß mit seinen weißen Zähnchen hinein, während der Nikolaus nach der Mühle ging, um sein Eselchen zu holen. Das wurde dann hinten an den goldnen Wagen angebunden, Nikolaus setzte sich darauf, und so ging es fort die Böllsteiner Höhe hinauf und grade hinein in Frau Hollens hellen, goldnen Saal. Schon unterwegs merkte es endlich der Nikolaus, mit wem er es wohl zu tun habe, und er hätte lieber wieder drunten am Mühlbach bei seinen Besen gesessen, aber Frau Holle redete so liebreich mit ihm, daß er nach und nach alle Furcht vergaß und ganz anständig von seinem Esel sprang, nachdem sie angekommen waren.

War das eine Freude und ein Geschrei unter den Engelchen, als sie den braunen Nikolaus mit seinem Grauchen ankommen sahen! Erst fürchteten sie sich ein wenig vor ihm, dann überschütteten sie ihn mit Neckereien: eines zupfte ihn am Bart, ein andres warf alle seine Ruten und Besen ins Feuer, daß dieses hell aufflackerte, und ein drittes leerte gar den Sack mit Nüssen und Äpfeln aus. Als diese nun auf dem glatten Marmorboden wie toll hin und her kollerten, warfen sie sich insgesamt darauf, um sie aufzulesen, und nun hatte der arme Nikolaus wenigstens einen Augenblick Ruhe. Es war aber auch Zeit, denn er machte ein furchtbar böses Gesicht und hob die Hand mit drohender Gebärde gegen die Engelein auf. So gefiel er aber grade der Frau Holle am besten.

»Lieber Nikolaus,« sagte sie, »du mußt immer bei uns bleiben, es soll dich nicht gereuen. Wenn es jetzt Winter wird, begleitest du mein Christkindchen hinunter zu den Menschen, damit ihm unterwegs kein Unfall begegnet. Und weil es viel zu gut ist und nur mit den braven Kindern sprechen und sie beschenken will, wirst du den unartigen eine Rute bringen und sie tüchtig ausschelten. Ist dir das recht, lieber Nikolaus?«

»Nein, das ist mir gar nicht recht,« sagte der Nikolaus mürrisch, »da kann nichts draus werden. Im Sommer ließe ich's mir noch gefallen, im Winter aber ist's mir zu kalt; da lege ich mich lieber auf meine Ofenbank, als daß ich draußen in der Nacht herumlaufe.«

»Wir wollen schon dafür sorgen, daß du nicht frierst,« rief Frau Holle, »ich gebe dir meinen Pelzrock und meine Pelzmütze, darin steckt man so warm wie in einem feurigen Ofen.«

»Aber mein Grauchen?« fragte der Nikolaus weiter, »das gebe ich nicht von mir.«

»Das brauchen wir ja gradeso nötig wie dich; auf dem Eselchen lässest du mein Christkindchen reiten, wenn es müde ist, und außerdem hängen wir ihm zwei große Körbe an, in den einen stecken wir die Ruten, in den andern die guten Sachen. Bist du so zufrieden?«

Der Nikolaus wollte noch immer nicht recht daran, da kam aber das Christkindchen hervor, nahm ihn bei der Hand und sagte: »Lieber Nikolaus, du bist ja doch den braven Kindern gut, willst du mich ganz allein durch die Nacht zu ihnen gehen lassen und nicht auch sehen, wie sich freuen, wenn ich ihnen schöne Geschenke bringe?«

Wie der Nikolaus nun das Christkind so vor sich stehen sah und in seine lieben Augen blickte, konnte er nicht »nein!« sagen.

»Herzliebes Christkindchen,« rief er, »so will ich denn in Gottes Namen mit dir ziehen, wenn ich auch entsetzlich frieren werde, man kann dir ja nichts abschlagen. Wenn ich aber nach Hause komme, müßt ihr mir immer für ein tüchtiges Feuer sorgen.«

»Das sollst du haben«, rief Christkindchen, und die Engelchen tanzten und schwirrten dem Nikolaus um die Nase herum und schrien:

> »Nikelöschen, Nikelöschen,
> Morgen geht's zu Karl und Röschen,
> Zu Mathilden und zu Anna,
> Zu dem Georg und der Johanna!
> Wollen sie nicht artig sein,
> Ei, so schlag nur tüchtig drein!«

bis der Nikolaus ganz zornig ward, mit den Füßen stampfte und mit beiden Händen das kleine Gesindel von sich abwehrte.

Da rief Frau Holle: »Jetzt ist's genug; trollt euch fort, führt das Eselchen in den Stall zu den Kühen, gebt ihm gutes, frisches Heu und macht ihm ein ordentliches Strohbett zurecht. Hernach aber bringt uns das Abendessen!«

Die Engelein stoben auseinander, und in einer Minute war alles getan, was Frau Holle befohlen. Das Eselchen stand im Stall, fraß sein Heu und rief ein vergnügtes »J–ah!« dazwischen. Für Frau Holle und Christkindchen brachten die Engelein süße, köstliche Milch und Zuckerbrot, vor den Nikolaus aber stellten sie eine große Schüssel voll Sauerkraut und Kartoffelbrei mit einer langen, langen Wurst. Das gefiel ihm sehr wohl, er griff wacker zu und sagte: »Liebe Frau Holle, es ist wirklich recht schön und angenehm bei Euch!«

Die Geschichte vom Christkind und vom Nikolaus

Nun war die gute Frau Holle froh, denn jetzt hatte sie einen Knecht für ihr Christkindchen gefunden und zugleich einen Gehilfen für die Menge von Geschäften, die es auf Weihnachten gibt. Zuerst machte sie nun mit den Engelchen zwei wunderschöne Körbe für den Esel, die wurden aus feinem Stroh geflochten und mit blauen und roten Seidenbändern verziert. Dann holten sie aus der Stadt vom Gerber schönes rotes Leder, davon machten sie einen Sattel und Zaum, und ringsherum wurden silberne Glöckchen gesetzt, so daß es immer leise klingelte, wenn das Eselchen sich bewegte. Dem Grauchen gefiel es sehr wohl in dem schönen Stall bei den zwei weißen Kühen, und bald hatte es das Christkind fast noch lieber als den Nikolaus, denn dasselbe brachte ihm jeden Tag süßes Zuckerbrot und streichelte und liebkoste es.

Unterdessen durchstreifte der Nikolaus wieder Wald und Feld, um sich neue Reiser und Gerten zu Ruten zu suchen, wobei er fortwährend auf die einfältigen Engelein schalt, die ihm seine schönen Ruten verbrannt hatten. Wenn er aber dann am Abend heim kam, hatten sie ihm immer ein Lieblingsgericht gekocht, bald Linsensuppe mit Bratwurst, bald Sauerkraut und bald Kartoffelklöße. Da ward er wieder vergnügt, ließ es sich schmecken und setzte sich dann ans Feuer, um Ruten zu binden. Christkindchen saß neben ihm, nahm die Ruten und wickelte schöne Gold- und Seidenbänder um den Stil, damit die Ruten doch nicht so ganz entsetzlich aussähen.

»Mache nur immer deinen Firlefanz daran,« knurrte der Nikolaus, »die spürt man doch, wo sie hinfahren!« Damit schwang er eine Rute durch die Luft, daß es einen lauten

Ton gab und die Engelchen ganz erschrocken in die Ecken flüchteten.

So verging der Spätherbst, die Blätter fielen alle von den Bäumen, der Wind pfiff laut über die Ebene, und dem Mühlbach verging das Rauschen und Murmeln, denn er war fest zugefroren, da sagte die Frau Holle: »Morgen, Kinder, gibt es einen lustigen Tag; da wollen wir einen ungeheuren Vorrat von Lebkuchen, Anisgebacknem und Marzipan backen, daß mein Christkindlein am Weihnachtsabend mit vollen Händen austeilen kann. Du, Nikolaus, bleibst hübsch zu Hause und sorgst für die Lebkuchen, das ist dein Geschäft, und backe sie nur so schön braun, wie dein Gesicht ist. Christkindlein aber macht das Anisgebackne und das Marzipan, weil dies ebenso weiß und fein ist wie mein Kind. Honig für die Lebkuchen ist genug da; die Bienchen, die den Sommer über unsere Blumen auf der Höhe benaschen, haben einen großen Vorrat ins Haus geschleppt. Das Mehl holt unser Grauchen heute nacht drunten in der Mühle, und die übrigen Sachen sind schon alle da. Ist es euch recht so?«

Alle riefen: »Ja, ja!«, nur der Nikolaus, der immer etwas zu knurren hatte, sagte: »Jetzt soll ich auch noch Lebkuchen backen, ich habe es längst wieder verlernt!«

»Wirst es schon noch können, alter Brummbär«, antwortete Frau Holle lachend, und richtig – am andern Morgen war er zuerst auf, heizte den großen Backofen ein und ging ans Werk. Er nahm Honig in eine Schüssel, die war fast so groß wie die goldne Badewanne, in der Frau Holle sich mit den Engelein wusch, tat Mehl hinzu, Pfeffer, Nägelein und Zimt und fing an, mit seinen großen Händen alles durcheinanderzukneten. Bei ihm ging alles in der größten Ruhe und Ordnung vor sich, denn er war ja ein Mann, und da muß jedes Ding seinen regelmäßigen Lauf haben. Um so lustiger und unruhiger aber war es nebenan, wo das Marzipan und das Anisgebackne verfertigt wurde.

Gott, war das ein Getrappel und Gelaufe, ein Gekicher und Geschwätz – man konnte sein eigen Wort nicht verstehen! Da kniete ein Engelchen vor einem ungeheuren Mörser und stieß Zucker fein, dort saß ein anderes und las den Anis aus, ein drittes rieb Zitronen ab, ein viertes schlug die Eier auf, ein fünftes stäubte das Mehl durch ein Sieb, ein sechstes hackte Mandeln, ein siebentes malte den Zimt, und viere bis fünfe hielten am Rand eine großmächtige Schüssel fest, vor der das Christkindchen stand und mit einem langen Löffel den Teig herumrührte.

Zuweilen ward der Lärm so arg, daß der Nikolaus mit seinen Händen voll braunem Teig an der Türe erschien und Ruhe gebot. Dann ging aber der Spektakel erst recht los; sie stürzten alle auf den Nikolaus ein: »Hinaus,« riefen sie, »du brauner Kerl, hinaus! Du machst uns unser weißes Gebackne schwarz!« Dabei schlugen sie mit den leeren Mehlsäcken nach ihm, daß er so weiß ward wie der Müller drunten aus der Mühle. Nun aber war der Nikolaus auch nicht faul; er faßte mit seinen braunen Händen nach rechts und links, und wo er ein Engelein erwischte, klebte er ihm mit dem klebrigten Honigteig den Mund zu, daß ihm für diesen Tag das Sprechen und Lachen verging. Das war ein rechter Jammer! Frau Holle und Christkindchen mußten oft so lachen, daß sie nicht mehr fortarbeiten konnten. Da war es kein Wunder, wenn der Nikolaus früher fertig ward als die Frauenzimmer. Sie hatten kaum erst einige Hunde, Katzen, Pferde und dicke Männlein von Anis und Marzipan fertiggebracht, als der Nikolaus schon rief: »Nun kommt und seht!«

Sie liefen alle in seine Stube, da duftete es köstlich, und in langen Reihen lagen Tausende und Tausende von Odenwälder Honiglebkuchen aufgeschichtet. Viel Abwechselung war grade nicht dabei; sie waren entweder rund oder herzförmig, und in der Mitte hatte der Nikolaus ein Bild hineingedrückt, nach seinem absonderlichen

Geschmack. Gewöhnlich war es Adam und Eva im Paradies oder auch ein Reitersmann und zuweilen das liebe Christkind selbst mit einer Strahlenkrone auf dem Kopf. Um das Bild herum war mit schönen weißen Buchstaben ein Vers gemalt. Weil aber der Nikolaus nicht recht schreiben kann, so kann man den Vers auch nicht recht lesen, und es ist darum allen Kindern zu raten, sich nicht weiter den Kopf darüber zu zerbrechen, sondern ihn ungelesen zu verzehren.

Frau Holle lobte den Nikolaus sehr wegen der schönen Arbeit, die er gemacht, und trieb nun die andern wieder tüchtig ans Werk. Sie schämten sich jetzt vor dem Nikolaus und eilten sich mehr als zuvor. Bald roch der ganze Böllstein so gut wie eine Hofküche, und am andern Morgen lagen ganze Gebirge von Marzipan und Anisgebacknem fertig da. Als es Abend ward, zog Frau Holle dem Nikolaus ihren Pelzrock an und setzte ihm die Pelzmütze auf, füllte die Körbe des Eselchens mit Zuckerwerk und Ruten, legte ihm sein rotes Geschirr um und hob dann das Christkindchen, das seine schönsten Kleider anhatte, auf den Sattel. Der Nikolaus warf noch seinen Sack voll Nüssen und Äpfeln über die Schulter, nahm dann die Zügel in die Hand, und fort ging es durch die dunkle Nacht den Berg hinab zu den hellen Wohnungen der Menschen. Frau Holle aber steckte sich schnell in ihr warmes Bett und war froh, daß sie nicht mehr hinaus und dann auf einem Zwirnsfaden heimreiten mußte.

Wie nun aber die beiden den Berg hinunter waren, hielt der Nikolaus den Esel an und sagte: »Liebes Christkindchen, ehe wir weiterziehen, möchte ich zuerst nach den Kindern in der Mühle sehen, die waren immer lieb und brav und pflegten mein Eselchen, wenn ich es einmal im Stall allein lassen mußte.«

»Das ist mir ja schon recht, lieber Nikolaus«, antwortete das Christkind, und so ritten sie denn ganz stille bis an die

Mühle und sahen durch das Fenster hinein in die Stube. Das war sehr leicht, denn die Müllerin war eine brave Frau, und die Scheiben waren immer blankgeputzt. Auch die Lampe brannte schön hell, und um sie herum an dem blanken Tisch saßen das Gretchen, der Karl und der Peter. An ihrem Ansehen konnte man gleich merken, daß es brave Kinder waren, denn sie trieben keine Unarten, sondern jedes war mit einer Arbeit beschäftigt. Das Gretchen half der Mutter Äpfel schälen, weil am nächsten Tag Sonntag war und die Müllerin den Kindern versprochen hatte, ihnen einen großen Äpfelkuchen zu backen. Der Karl saß über einem Buch, hielt sich beide Ohren zu und murmelte immer vor sich hin, dabei war er ganz hochrot im Gesicht von der Anstrengung. Er hatte für den Herrn Schulmeister ein Lied über den Sonntag auswendig zu lernen und hatte sich gleich am Samstag abend darüber gesetzt, wie dies die fleißigen Kinder tun. Der kleine Peter malte ruhig auf seine Schiefertafel Hunde und Katzen, und wenn diese auch eher Mehlsäcken und Brotlaiben als Tieren glichen, so lag ja nichts daran.

Wer da draußen vor dem Fenster stand und ihnen zusah – das wußten die Kinder freilich nicht und sollten sie auch nicht wissen. Leise, leise griff Christkindchen in den Korb mit den Zuckersachen und legte für jedes Kind ein großes Stück auf das Fenstergesims. Eine Rute dazuzulegen, war bei so lieben Kindern ganz überflüssig. Wer aber den Nikolaus und das Christkindchen beinahe verraten hätte, das war das Grauchen. Er kannte die Mühle und die Kinder gar wohl und freute sich, sie zu sehen. So reckte er denn die langen, spitzen Ohren in die Höhe, bewegte den Kopf wie zum Gruß, so daß die silbernen Glöckchen an dem roten Zaum hell erklangen, und rief ein freudiges »J–ah!« Wie flogen da die drei blonden Köpfe in der Stube von der Arbeit empor, und wie neugierig starrten die blauen Augen nach den angelaufenen Fensterscheiben.

»Mutter, das war unser Grauchen, dem Nikolaus sein Grauchen!« rief Karl, stürzte an das Fenster und die andern hinter ihm drein. Aber sie kamen viel zu spät, husch, husch! waren der Nikolaus, das Christkind und der Esel wieder in Nacht und Nebel verschwunden, nur ganz von ferne hörte man noch die silbernen Schellchen klingen. Ganz betrübt sahen die Kinder einander an, da sagte die Müllerin: »Aber da draußen vor dem Fenster steht etwas, seht nur, ein Reitersmann von Marzipan, eine Wickelpuppe von Anisgebacknem und ein großer Herzlebkuchen!« Die Müllerin machte das Fenster auf, holte die Zuckersachen herein, und nun wollten die Freude und der Jubel gar kein Ende nehmen.

»Seht ihr, daß ich recht hatte!« sagte Karl, »da ist wirklich der Nikolaus mit seinem Eselchen und dem Christkind draußen gewesen.«

»Was sprichst du da von einem Christkind?« fragte die Mutter.

»Ja, so ist es,« rief Gretchen, »der Nikolaus ist jetzt mit seinem Esel droben auf dem Böllstein bei der guten Frau Holle und dem lieben Christkind, das hat er uns alles erzählt. Und wenn wir brav sind, bringt er uns zu Weihnachten einen Zuckerbaum und viele schöne Sachen!«

»Wenn ich nur das Eselchen gesehen hätte«, sagte der kleine Peter.

»Weißt du, Peterchen, was wir tun,« rief Karl, »wir legen morgen abend dem Grauchen ein Bündelchen Heu vor die Türe, zum Dank dafür, daß wir so gute Sachen bekommen haben.«

»Und das Heu stecken wir in unsere Schuhe,« setzte Gretchen hinzu, »damit der Wind es nicht fortjagt.«

So wurde es wirklich gemacht; die dankbaren Kinder steckten am andern Abend Heu in ihre kleinen Schuhe und stellten sie vor die Türe. In der Nacht kamen richtig wieder

der Nikolaus, das Christkind und der Esel, der schon von weitem das gute Heu witterte. Er blieb stehen, fraß es, und der Nikolaus, den nichts so sehr freut, als wenn man seinen Esel gut behandelt, steckte einen großen, roten Apfel in jeden Schuh; dann zogen sie weiter. Als aber nun am Montag morgen die Liesbeth die Schuhe für die Müllerskinder hereinholte, lag statt des Heues in jedem ein schöner Apfel. Das hatten sie nicht erwartet und waren ganz toll vor Freude. Als sie in die Schule kamen, hatten sie gar nichts Eiligeres zu tun, als die große Neuigkeit allen Kindern zu erzählen. Die liefen nach Hause, stellten auch ihre Schuhe vor die Türe, steckten auch Heu hinein und fanden am andern Morgen statt dessen einen dicken roten Apfel. Bald wußten alle Kinder im ganzen Lande die Geschichte von dem Esel und dem Heu, und das Grauchen bekommt soviel zu fressen, daß es immer noch lebt, obgleich es schon seit vielen hundert Jahren mit dem Nikolaus und dem Christkind in der Welt herumzieht. So ein Apfel, der des Nachts in den Schuh gesteckt wird, schmeckt aber auch zehnmal süßer als der beste Zehnuhrapfel der Mama.

So reiten denn die drei jedes Jahr von Dorf zu Dorf, von Stadt zu Stadt, von Haus zu Haus, sehen durch die Fenster, wo die guten und die schlimmen Kinder sind, bringen Zuckerwerk oder Ruten, wie es eben paßt, bis endlich Weihnachten, des lieben Christkindleins Geburtstag, kommt. Da wird es am allerschönsten!

Wenn es dann Abend geworden und die große Glocke auf dem Kirchturm fünfmal: bum, bum, bum, bum, bum! geschlagen hat, wird es in allen Häusern so helle, wie damals droben auf der Böllsteiner Höhe, als der Klapperstorch das liebe Kindlein zu Frau Hollen brachte, und es jauchzt und jubiliert in den Stuben, grade so, wie es damals die Engelein machten. – Jetzt ist Christkindleins heimliches Werk zu Ende, und alles wird offenbar, was es mit den Eltern zu tutscheln und abzumachen hatte. Da prangt für die guten Kinder der bunte Christbaum und stehen die prächtigen Spielsachen umher, und sie nehmen sich fest vor, im folgenden Jahre noch lieber und artiger zu werden und dadurch dem guten Christkindchen ihren Dank zu beweisen.

Nikolaus und Christkindchen sind aber jetzt gar müde und matt. Während die Freude und das Glück, das sie gebracht, in allen Häusern lebendig sind, ziehen sie still hinauf auf ihren Böllstein, stecken sich in ihre warmen Betten und schlafen sich darin aus, bis es wieder Zeit wird, an die neue Weihnacht zu denken.

In dieser Weise geht es nun schon viele, viele, viele Jahre lang; der Nikolaus hat unterdessen einen langen, weißen Bart und schneeweiße Haare bekommen, und er ist noch mürrischer als zuvor, denn die Weihnachtsarbeit wird ihm manchmal recht sauer. Das liebe Christkind aber verändert sich nicht; es bleibt ewig jung und ewig schön und ist den artigen Kindern noch ebenso gut, wie am ersten Tage. Die Frau Holle hat sich schon längst ganz zur Ruhe gelegt, man sieht und hört nichts mehr von ihr; ihr weiches Federbett hat das Christkind geerbt, und an dem haben nun die Engelein zu schütteln und zu rütteln. Wenn ich euch nicht die Geschichte von der Frau Holle erzählt hätte, so wüßtet ihr gar nicht, daß sie jemals dagewesen. – Die Engelein aber sind noch immer so toll und lustig wie vor alter Zeit, und wenn der Georg und das Mathildchen immer so lieb sein wollen wie das Christkind, dürfen sie auch manchmal so toll und mutwillig sein wie das kleine Volk droben auf der Böllsteiner Höhe.

Die Geschichte vom Christkind-Vogel

Unter den vielen Vöglein, die in Wald und Feld herumfliegen und singen und zwitschern, gibt es einen ganzen kleinen, bunten Vogel, der kleinste von allen, den nennen die großen und gelehrten Leute den Zaunkönig. Die Kinder aber und die einfältigen Leute, zu denen die Tante auch gehört, die sagen, wenn er vorüberfliegt: »Das ist der liebe Christkindvogel!«
Freilich wissen sie kaum, weshalb er so heißt, die Tante weiß es aber und erzählt es dem Mathildchen und dem Georg folgendermaßen: »Ich habe euch noch gar nicht gesagt, daß vier Wochen vor Weihnachten der Nikolaus auf dem freien Platz droben auf dem Böllstein jeden Abend ein großes Feuer anzündet, das ist das Weihnachtsfeuer. Daran wärmen sie sich, er und das Christkindchen, wenn sie in der Nacht ganz erfroren heimkommen, und dann bleiben sie oft bis zum Morgen dabei sitzen und arbeiten für die Weihnachtsbescherung. Da geschah es aber einmal vor langer, langer Zeit, daß der Nikolaus neben dem Feuer einschlief, statt zur rechten Zeit Holz nachzulegen, und das war ein rechtes Unglück, denn es begab sich grade am Weihnachtstag, und einen dümmeren Streich hätte der Nikolaus gar nicht machen können. Als das Christkindchen herauskam und sein Kerzchen anzünden wollte, mit dem es die Weihnachtsbäume anbrennt, da war auch nicht das kleinste Köhlchen in der Asche mehr aufzufinden, obgleich der Nikolaus wie ein Blasebalg hineinblies, daß ihm der Staub in die Kehle flog und die Asche ins Gesicht. Seitdem ist seine Stimme noch viel rauher geworden und sein Gesicht noch einmal so dunkel als vorher. Es war aber gar nichts zu machen. Aus war das Feuer und guter Rat teuer. Zündhölzchen, die man hätte anstreichen können, gab es

damals noch nicht, und wenn auch der Nikolaus endlich ganz unten aus seinem Sack einen Feuerstahl und ein Stückchen Zunder herauskramte, so war damit doch nicht geholfen. Er hatte auch da nicht acht gegeben, hatte den Sack im Schnee liegen lassen, nun war der Schwamm naß, und wie er auch draufschlug und sich die Finger zerhieb, kein Fünkchen, das aus dem Stahl sprang, konnte zünden. Das gute Christkindchen war da zum erstenmal in seinem Leben bitterböse, und es hätte gern den Nikolaus fortgejagt, wenn es nur gleich einen andern gehabt hätte.

Wo sollte man nun Licht herbekommen? Es blieb gar nichts anders übrig, als sich droben bei der lieben Mama Sonne ein Strählchen auszubitten. Wer konnte aber den weiten, weiten Weg bis zu ihr in der Geschwindigkeit hinauffliegen? Der Nikolaus, dem es von Rechts wegen zugekommen wäre, hatte keine Flügel, und wenn er sich in seinem Pelzrock auch noch so sehr aufgeblasen hätte, er wäre ja noch nicht bis über die kleinste Fichte hinausgekommen. Das Christkind hatte wohl Flügel und hätte es schon eher wagen können, aber es hing traurig den Kopf und sagte: ›Der lieben Sonne bin ich von weitem gar zu gut, aber nahe bei ihr ist es so brennend heiß, daß gewiß mein ganzes Gesicht schwarz davon würde. Was soll ich aber mit einem schwarzen Gesicht? Da würden sich die Kinder auch vor mir fürchten wie vor dem Nikolaus, und würden mich nur noch mit Zittern und Zagen lieben, wenn ich ihnen auch die schönsten Gaben brächte. Das darf nicht sein, und außerdem ist der Weg so weit, daß ich erst morgen früh wiederkäme!‹ Das Christkind sprach ganz verständig, und außerdem ist es ja auch ein Mägdlein, dem man es nicht übelnehmen kann, wenn es lieber ein schönes, helles Gesicht als ein schwarzes haben mag.

Auf einmal fiel ihm etwas Schönes ein. Es schüttelte die blonden Locken zurück, die ihm beim Nachdenken über die Stirne gefallen waren, lachte fröhlich auf und schellte laut mit seinem silbernen Schellchen, daß es weithin durch den Wald erklang und die Kinder im Tale es hörten und glaubten, jetzt sei das Christkind schon da. Sie waren aber freilich angeführt.

Im Wald jedoch ward es auf einmal lebendig; es raschelte und flatterte und zwitscherte wie von tausend Vöglein – und wirklich, da kamen sie alle herbei, die im Walde wohnten, groß und klein. Sie kannten Christkindchens Glöcklein gar wohl und wußten, daß es ihnen jedes Jahr auch beschere. Die Masse von Krümchen, die sich das Jahr über in dem Sack des Nikolaus aufhäuften, wurden den Vöglein am Weihnachtsabend hingestreut und schmeckten ihnen gar zu gut. Sie glaubten alle, sie seien deshalb herbeigerufen, irrten sich aber ebenso gewaltig wie die Kinder im Tale. Der Boden war zwar reingefegt, aber es lag nichts darauf als die Asche, die Nikolaus beim Blasen aufgewirbelt. Die Vöglein waren sehr erstaunt und fingen gleich an, untereinander darüber zu schwatzen, und eines fragte das andere, warum ihre Krumen nicht da seien. Sie dachten, wie es oft auch die Menschen tun, weil sie das einmal bekommen hätten, sei es nun ihr Recht, und es müsse immer so sein.

Wie sie nun im lautesten Schwatzen waren, schellte das Christkind noch einmal und rief dann, so laut es konnte: ›Stille!‹ Die Vöglein schwiegen, und das Christkind fuhr fort: ›Ihr lieben Vöglein, ich bin in großer Verlegenheit und weiß mir keinen Rat; wer von euch will mir einen Gefallen tun?‹ Da rief es in allen Tonarten, hoch und niedrig, dumpf und helle: ›Ich! – Ich! – Ich!‹

›Ach, wie gut seid ihr,‹ sagte das Christkindchen, ›ich wußte wohl, daß ihr mir helfen würdet, jetzt hört nur: Seht, der böse Nikolaus, der war nachlässig und hat das Feuer ausgehen und den Zunder naß werden lassen. Jetzt habe ich kein Licht, womit ich den vielen Kindlein, die auf mich warten, die Christbäume anzünden kann. Es muß neues

Licht von der Sonne heruntergeholt werden; wer von euch will für mich hinauffliegen und mir von der lieben, guten Sonne einen Strahl herunterbringen?‹

So lebhaft die Vögel vorhin gewesen, so mäuschenstill wurden sie jetzt; sie hatten nicht gedacht, daß das Christkind ein so großes Wagstück von ihnen verlangen würde, und überdies ist versprechen immer leichter als halten. Da sie alle ›Ich!‹ gerufen, so sah einer den andern an, und jeder dachte, sein Nachbar würde das ›Ich!‹ wiederholen. Als keiner etwas sagte, fragte das Christkind ganz traurig: ›Nun, will mir keiner von euch den Gefallen tun?‹

Da räusperte sich der Spatz und sagte: ›Ja, siehst du, liebes Christkindchen, ich tue dir alles gern zu Gefallen, aber das ist zuviel verlangt; wegen meiner flöge ich schon da hinauf, aber ich bin Familienvater und darf mich meiner Frau und meiner Kinder wegen der Gefahr nicht aussetzen, zu nahe an die Sonne zu kommen!‹ Als er geendet, warf er sich in die Brust, sah im Kreis herum, und die Vögel, die auch Familie hatten, nickten ihm Beifall zu. Dann hörte man ein schmelzendes Girren, und die liebe Sängerin, die Nachtigall, begann zu zwitschern: ›Es schmerzt mich in tiefster Seele, teures Christkind, daß ich dir die Bitte abschlagen muß, aber – du wirst dies ja selbst einsehen – wie kann ich meine himmlische Stimme an eine so gefährliche Reise wagen? Bei der Sonne ist es furchtbar heiß, hier unten kalt, ich bekäme den Schnupfen, würde heiser – mein Gott, wer sollte denn da im nächsten Frühjahr Busch und Wald und alle liebenden Herzen mit seinem Gesang entzücken?‹

Was konnte Christkind dazu sagen? Es nickte, ohne ein Wort zu sprechen, und sah sich dann fragend und trauernd im ganzen Kreise um; grade auf die Nachtigall, die ja doch als Künstlerin ein großes Herz haben mußte, hatte es im stillen am meisten gerechnet.

›Geschätzte Freundin,‹ hob nun der Dompfaffe an, ›ich bin stets bereit zu allen guten Werken, aber es steht geschrieben: ›Wer sich mutwillig in Gefahr begibt, kommt darinnen um.‹ Der Flug, den du uns da zumutest, ist für unsere Fittiche zu hoch; aber selbst wenn ich ihn unternehmen wollte, so dürfte ich nicht – denn wer sollte hier im Walde Sitte und Ordnung aufrechterhalten, wenn ich verdürbe?‹

›Ja, ja‹ schnatterte die Elster dazwischen, ›der würdige Herr Dompfaffe hat ganz recht. Er muß bei uns bleiben, und ich kann mich auch durchaus nicht auf die Reise einlassen. Auf morgen bin ich zu der Drossel auf ein Gericht Würmer eingeladen, auf übermorgen zu Wiedehopfs, und so die ganze Woche fort. Gott, wie schrecklich, wenn ich mich beschädigte und daheim bleiben müßte; die ganze Gesellschaft stürbe vor Langeweile!‹

Christkindchen wendete sich unmutig weg, aber die Not war gar zu groß, darum legte es sich noch einmal aufs Bitten. ›Und du, Lerche,‹ sagte es liebreich, ›willst du mir nicht helfen? Du kannst ja doch höher fliegen und schwärmen als alle anderen Vögel.‹

Die Lerche hob ihr Köpfchen auf, hing es auf eine Seite, sah zuerst Christkindchen schmachtend an und dann wieder zur Erde. Endlich schien sie Worte zu finden und flötete leise: ›Liebes Christkind, ich fürchte mich; ich bin so zart und fein, und es wäre gar unweiblich von mir, wenn ich mehr Mut haben wollte als die Männer.‹

So war auch diese Hoffnung dahin dem Christkindchen liefen zwei große Tränen über die rosigen Wangen, und es hörte kaum, wie der Specht klapperte: ›Welche Zumutung, an die Sonne zu fliegen! Bedanke mich schönstens; ich habe genug zu tun, wenn ich mein redlich Teil klappere und rassele, das gehört zum Handwerk, und alles übrige geht mich nichts an!‹

›Schweigt nur,‹ rief Christkind entrüstet, ›und fliegt wieder in eure Nester; setzt euch recht warm darin zu recht und freut euch, daß ihr das Leben habt. Es ist mir nur leid, daß ich euch gerufen. Meine armen Kinder bekommen nun freilich dieses Jahr keine Christbäume!‹

Und doch! Und doch! Leise schwirrte es durch die Luft, und im nächsten Augenblick saß ein ganz kleines, unscheinbares Vöglein von grauer Farbe, das aber ein zierliches Krönlein auf dem Kopfe trug, welches ihm ein ganz besonderes Ansehn gab, auf Christkinds Schultern.

›Ich will hinfliegen, Christkindchen,‹ sagte es mit einem feinen Stimmchen, ›und habe nur gewartet, bis die großen und vornehmen Herren Vögel gesprochen. Da sie verhindert sind, so ist es nicht unbescheiden von mir, wenn ich dir meine Hilfe anbiete.‹

Ei, ei, wie streckten da die vornehmen Herren Vögel die Hälse neugierig aus und blähten sich auf und schüttelten verächtlich mit den Köpfen! Dabei zischelten sie: ›Ei der Tausend, seht einmal den Herrn Zaunkönig an, wie patzig der sich macht!‹ Christkindlein aber weinte jetzt vor Freude; es drückte das Vöglein an seine Brust, küßte es und rief: ›Flieg, mein lieber, kleiner Vogel, flieg! Du sollst mir auch fortan der liebste im ganzen Walde sein!‹

Und das Vöglein flog, flog, flog, bis nur noch ein schwarzes Pünktchen und dann gar nichts mehr von ihm zu sehen war. Keines rührte sich von seinem Platze, und alles sah hinauf in die Höhe, und Christkindchens blaue Augen leuchteten in überirdischer Freude. Es war auch Christkindlein, das wieder zuerst ganz oben am Himmel einen hellen Punkt erblickte; der Punkt kam näher und näher, bald glänzte er wie ein leuchtender Stern und dann wie eine kleine Sonne, die bald darauf zu Christkindchens Füßen niedersank. Wer konnte das anders sein als der liebe Zaunkönig, der wirklich dem Christkind einen Sonnenstrahl im Schnäblein mitbrachte! Schnell brannte Christkind sein Kerzchen an, ehe der Strahl erlosch, und dann bückte es sich, um nach dem Zaunkönig zu sehen, der noch erschöpft am Boden lag. Oh, lieber Himmel, wie sah der arme Schelm aus! Die andern Vögel hatten wohl recht gehabt, man fliegt nicht ungestraft zur Sonne, aber derjenige, dem so recht nach dem Lichte verlangt, tut es doch, und wenn er sich auch die Flügel dabei versengt. Denkt euch, Kinder, der arme Zaunkönig hatte nicht ein Federchen mehr auf dem Leib, denn die heißen Sonnenstrahlen hatten sie alle weggebrannt, und er zitterte und fror, daß es zum Erbarmen war.

›Das hat er nun davon!‹ erklärte salbungsvoll der Dompfaffe, und die Elster nickte mit dem Kopf und schrie: ›Ich werde es jeden Tag als warnendes Beispiel meinen Kindern erzählen!‹ Die Nachtigall schwieg, denn im Grunde ihres Herzens schämte sie sich doch ein wenig und mißgönnte dem Zaunkönig fast seinen nackten Leib. Indessen hatte aber der Nikolaus schnell seine Pelzmütze abgerissen, obgleich er sich tüchtig die Ohren dabei erfror, und bettete den Zaunkönig hinein, damit er nicht erfriere, bis er ein neues Kleidchen bekommen.

Dazu mußte schnell Rat geschafft werden. Christkind rührte wieder an sein Schellchen und rief dann: ›Ihr Vögel und Vöglein, höret mich an! Zur Sonne wolltet ihr mir zwar nicht fliegen, und ich werde es auch nie mehr von euch erwarten, noch verlangen, aber für den armen, kleinen Zaunkönig, der mehr gewagt als der stolzeste von euch, nehme ich euer brüderliches Mitgefühl in Anspruch. Gebe ihm jeder von euch eine Feder, damit ich ihm ein neues Kleidchen davon machen kann!‹

Nun predigte Christkind keinen tauben Ohren; an diesem Werke beteiligte sich jeder gern, und jeder wollte dabei der erste sein. Schöne Reden halten und milde Beiträge sammeln, das ist gar nicht gefährlich, sondern sehr angenehm und gibt Ehre und Ansehen vor der Welt. Der

Dompfaffe und die Nachtigall stellten sich an die Spitze, forderten die Federn ein, und letztere flötete ihre Bitte so süß, daß keiner widerstehen konnte. Die Elster ermahnte mit lauter Stimme ihre ganze große Bekanntschaft, bei dem milden Werke nicht zurückzubleiben, und versicherte jeder mann, sie gäbe zwei Federn. Die müssen aber verlorengegangen sein, denn man hat niemals eine davon auf Zaunkönigs Leib entdecken können. Und doch gab es einen unter den Vögeln, der den ernsten Ermahnungen des Dompfaffen und der süßen Stimme der Nachtigall widerstehen konnte. Das war der Uhu. Er erwiderte mürrisch, die ganze Geschichte gehe ihn nichts an; er sei ein Weiser und Gelehrter und betrachte sich die Welt nur von oben herab. Daß sich der Zaunkönig verbrannt habe, sei eine natürliche Folge seines unvorsichtigen Fluges, und er wolle nicht darunter leiden. Es war dies so neidisch und häßlich von dem Uhu, daß alle Vögel darüber entrüstet waren und ihm erklärten, sie würden nicht mehr mit ihm umgehen. Darum sitzt er auch jetzt immer allein und fliegt nur des Nachts aus, wenn die andern Vögel schlafen. So wie dem Uhu, sollte es auch allen neidischen Menschen und Kindern gehen. – Zum Glück brauchte man Uhus Feder nicht, es waren genug andre da; in einer Minute machte Christkind das neue Kleidchen fertig, streifte es dem Zaunkönig über, und da flog er wieder ganz munter aus der Pelzkappe heraus und sah sich vergnügt um. Dann wollte er sich wieder ganz bescheiden in der Vögelschar verlieren. Christkindchen aber griff mit beiden Händen nach ihm, hielt ihn fest, drückte ihn an sich und sprach: ›Nein, du bleibst bei mir, denn du bist mir fortan der liebste Vogel im ganzen Walde und sollst für immer der Christkindvogel heißen. Wenn ich des Nachts ausreite, fliegst du mit mir und pickst mit deinem kleinen Schnäblein leise an die Schlafstubenfenster, damit die Kindlein merken, wer in der Nähe ist. Komm jetzt gleich mit mir, denn es ist schon fast ganz dunkel, und die Kinder werden mit Schmerzen auf mich warten!‹

Da setzte sich das Vöglein auf Christkinds Schulter; Christkind nahm sein Kerzchen zur Hand, dann hoben beide ihre Flügel auf – und fort waren sie. Knurrend trollte der Nikolaus hinter ihnen den Berg hinab.

Der Georg und das Mathildchen merken es sich nun aber recht genau, wie schön es ist, gefällig zu sein, wenn man sich auch ein bißchen weh dabei tut, und nehmen sich fest vor, so gut und bescheiden zu werden wie der Christkindvogel. Den neidischen Uhu mögen sie aber nicht leiden und wollen darum auch selber niemals neidisch sein. – Wenn es wieder Sommer wird, geht die Tante mit den Kindern in den Wald, da besuchen sie den Christkindvogel und bringen ihm ein Stück Kuchen mit.

Fünfte Erzählung

Die Geschichte vom Kräutchen Eigensinn

Der kleine Georg war trotz der schönen Erzählungen der Tante beim Schlafengehen sehr unartig und sehr eigensinnig gewesen, da sagte ihm die Mama: »Nimm dich nur in acht, sonst bringt dir der Nikolaus zu Weihnachten eine Rute vom Kräutchen Eigensinn!«

Als nun die Kinder am andern Abend wieder bei der Tante saßen, da sagte Mathildchen: »Liebe Tante, erkläre mir doch, was eine Rute vom Kräutchen Eigensinn ist.« Der Georg saß bei dieser Frage mäuschenstill und guckte mit den großen blauen Augen auf seine Schuhe, als ob er sie noch nie gesehen hätte, die Tante aber antwortete: »Das sind die allergefährlichsten Ruten, die es gibt; um sie darf das gute Christkind keine roten Bänder und kein Flittergold wickeln, und sie werden auch nicht bloß zum Staat und zur

Warnung hinter den Spiegel gesteckt, sondern mit ihnen gibt es wirkliche Hiebe, und woher sie kommen, das will ich euch jetzt ganz genau erzählen:

Am Rand einer großen grünen Wiese stand ein hübscher kleiner Strauch, der hatte schlanke Zweige, grüne Blätter und schöne weiße Blüten, so daß er gar lieblich anzusehen war – aber, es war ein schlimmes Kraut. Es wollte immer etwas anderes tun, als es gerade sollte, sagte zu allen Dingen: ›Nein!‹ statt ›Ja!‹ – und die Blumen und Sträucher auf der Wiese nannten es nur noch: ›das Kräutchen Eigensinn.‹

Wenn ein Bienchen geflogen kam und in den Kelch seiner Blüten schlüpfen wollte, um sich Honig zu sammeln, dann schloß es schnell die Blüte fest zu. Summte und brummte das fleißige Tierchen auch noch so eifrig: ›Mach' auf! mach' auf!‹ so rief das Kraut doch immerfort: ›Ich will nicht, ich mag nicht, ich tu's nicht!‹ – bis das Bienchen ganz zornig davonflog und nie mehr wiederkam.

Ein andermal kam ein liebes kleines Mädchen mit schönen blonden Locken daherspaziert, das pflückte sich einen Strauß und wollte auch ein Zweiglein von dem schönen grünen Strauche dazunehmen. Aber Kräutchen Eigensinn bog sich herüber und hinüber, wand sich hin und her und wollte nichts geben. – ›Ei, Kräutchen Eigensinn,‹ sagte seine Nachbarin, ein kleines Heckenröschen, ›so gib doch dem lieben Kinde nur ein kleines Zweiglein!‹

›Ich mag nicht, ich will nicht!‹ rief es dagegen, und ließ sich jetzt erst recht nichts nehmen.

Die gute Sonne hatte von dem blauen Himmel herab alles mit angesehen und ward bitterböse; sie rief herunter: ›Du häßliches Ding, willst du denn gar nie mehr lieb und artig sein? Ich scheine so gern herab auf alle die lieben Blumen und Sträucher, aber dir möchte ich auch nicht einen Strahl mehr senden!‹

›Nein! denn ich will unartig sein! ich darf unartig sein!‹ rief Kräutchen Eigensinn hinauf, ›und willst du nicht auf mich scheinen, so kannst du es bleiben lassen!‹

Das war doch gewiß entsetzlich ungezogen von dem Kräutchen Eigensinn; die Sonne wandte ihr freundliches Gesicht schweigend von ihm ab, die Blumen und Gräser sprachen kein Wort mehr mit ihm, und die Bienchen und Schmetterlinge flogen alle an ihm vorüber, denn keines wollte noch etwas von ihm wissen.

Endlich gegen Abend kam noch von weither ein Vögelchen geflogen, und wie es so daherschwebte und den schönen grünen Strauch ansah, wollte es sich ein wenig darauf ausruhen und ein Liedchen singen. Da hätte doch nun das Kräutchen Eigensinn Gelegenheit gehabt, wieder lieb und gut zu sein und sich mit den andern auszusöhnen. Aber nein, es war noch trotzig dabei und meinte Wunder, wie großes Unrecht ihm geschehen sei. Kaum hatte sich der Vogel ein hübsches Plätzchen ausgesucht, da fing es an sich zu biegen und zu neigen und wollte ihn durchaus von sich abschütteln.

›Ach,‹ bat das Vöglein freundlich, ›halte doch stille, lieber Strauch, ich singe dir auch mein allerschönstes Lied!‹

›Nein, ich will nicht, ich tu's nicht! Ich mag von euch jetzt auch nichts mehr wissen!‹ rief Kräutchen Eigensinn voll Wut und Zorn. Da flog das Vöglein fort und setzte sich zu dem Röslein, das es freundlich bei sich aufnahm.

Am andern Morgen schien die Sonne nicht, der Himmel war ganz voll Wolken, und der Wind fegte im Wald und auf der Wiese herum, so daß kein Schmetterling und keine Biene sich herausgetraute; selbst die Vögel blieben scheu in ihren Nestern. Die dicksten Bäume bog der Wind um und zerzauste sie, daß sie kaum mehr wußten, wohin sich wenden. Die Sträucher und Blumen auf der Wiese duckten sich ganz stille unter, ließen den Wind über sich herwehen und warteten auf bessere Zeiten.

Aber Kräutchen Eigensinn, das duckte sich nicht; es wollte mit dem Winde spielen und meinte, es sei so stark wie er und brauche sich weder zu biegen noch zu neigen. Was kümmerte sich aber der Wind um seinen schwachen Widerstand, er fegte unerbittlich drüber hin und her, und bald lagen die meisten Blüten alle an der Erde, die grünen Blättchen flatterten wild umher, und der Nachbarin, dem guten Röschen, ward ganz angst und bange.

›Kräutchen Eigensinn,‹ rief es warnend, ›lasse deine Zweige niederhängen, der Wind zerreißt dich sonst in tausend Stücke!‹

›Ich will mit dem Winde spielen, ich darf es tun, du hast es mir nicht zu wehren!‹ antwortete Kräutchen Eigensinn und trieb es nur noch toller. Aber – was geschah?

Nach einer halben Stunde war das Kräutchen Eigensinn kein grüner Strauch mehr, sondern ein häßliches, kahles Reis, das aussah, als ob die Raupen es abgefressen hätten. Nur ganz unten hingen noch ein paar kleine Blättchen an dünnen Fäden und schaukelten sich hin und her.

Nun war es mit dem Kräutchen Eigensinn aus; kein Bienchen sah es mehr an, niemand fiel es ein, sich ein Zweiglein zum Strauße zu pflücken, und die Vöglein flogen alle vorüber, als ob es gar nicht auf der Welt wäre. Es konnte nicht einmal mehr sagen: ›Ich will nicht, ich mag nicht!‹ – denn keine Seele wollte etwas von ihm.

So verging der Sommer, und der Herbst kam, wo der Nikolaus auszieht, um sich Reiser für seine Ruten zu holen. Er hatte manchmal von der Böllsteiner Höhe herabgesehen, wie es das Kräutchen Eigensinn trieb, und jedesmal gedacht: ›Na, warte nur, weil du zu allem ›Nein!‹ sagst, sollst du mir noch die kleinen Leute ›Ja!‹ sagen lehren!‹ Als er nun mit seinem Grauchen über die Wiese zog, sah er schon von weitem das dürre Reis und rief vergnügt: ›Ha, das hat schöne, schlanke Gerten gegeben, die will ich nun zu Ruten binden, und da wird mein

Kräutchen Eigensinn den Kindern bald den Eigensinn aus dem kleinen Trotzköpfchen treiben!‹

Gesagt, getan, er schnitt die Gerten ab, lud sie dem Esel auf und sagte daheim zum Christkind: ›An den Ruten da machst du mir nichts, die binde ich einfach mit Schnur zusammen, die sind für den Ernst und nicht für den Spaß!«

Wo nun ein unartiges Kind ist, das bei allem sagt: ›Ich will nicht, ich mag nicht!‹ – dem bringt der Nikolaus eine Rute vom Kräutchen Eigensinn, und das tanzt ihm dann solange auf dem Rücken herum, bis es nie mehr sagt: ›Ich tu's nicht!‹

Lieber Georg und liebes Mathildchen! nehmt euch darum nur sehr in acht, daß euch der Nikolaus nicht so eine Rute vom Kräutchen Eigensinn bringt.«

»Ich will gar nicht mehr eigensinnig sein«, sagte der Georg, und Mathildchen küßte die Tante und rief: »Nicht wahr, ich bin lieb?«

Sechste Erzählung

Die Geschichte vom Tannenbäumchen

Tante Luise,« sagte am andern Abend Mathildchen, »was erzählst du uns denn heute für eine Geschichte? Weißt du denn noch etwas?«

»Ja, freilich weiß ich noch etwas, hört mir nur zu!«

»Ach, Tante,« sagte das Mathildchen wieder, »es dauert doch gar zu lange, bis das Christkind kommt, ich kann es kaum mehr aushalten und werde ganz ungeduldig.«

»Ungeduldig!? Das mußt du dir vergehen lassen. Höre nur, wie geduldig das Tannenbäumchen war und wie es stille wartete, bis seine Zeit kam, denn die Geschichte, die ich heute erzähle, kommt in unserm Garten vor!«

Die Kinder stützen ihre kleinen, runden Ellenbogen auf der Tante Knie, und sie begann: »Es war einmal ein schöner, großer Garten, in dem standen eine Menge Bäume, welche alle die herrlichsten Früchte trugen. Auf dem einen wuchsen Kirschen, auf dem andern Birnen, auf dem dritten Äpfel und so fort, aber bei allen gab es etwas zu naschen vom Frühjahr bis zum Herbst, und die Kinder, die in dem Garten wohnten, hatten die Bäume sehr lieb.

Nun war es wieder einmal Frühling, und der Garten stand da in seinem schönsten Schmucke. Die Kirschbäume waren anzusehen, als wären sie mit Zucker bestreut, die Pfirsiche hatten rosenrote Blüten wie der Abendhimmel, und die Äpfelbäume waren mit weißen Röslein ganz überschüttet.

Da war kein Strauch und kein Bäumchen, wenn auch noch so klein, welches nicht eine Blütenflocke oder ein lichtes, saftgrünes Blättchen aufzuweisen hatte; und wenn dann die liebe Sonne so drüberhin schien, war der Garten gar lieblich anzusehen. Aber mitten drinnen in all der Pracht stand ein kleiner Baum, für den schien kein Frühling gekommen zu sein, denn starr und dunkelgrün streckten seine Nadeln sich hinaus, und auch nicht die kleinste weiße oder rote Blüte war daran zu sehen.

Das Bäumlein aber war trotz seiner Armut ganz zufrieden und beklagte sich nicht, und kam manchmal im Vorüberfliegen ein Vöglein seinem Wipfel nahe und ruhte sich darauf aus, so freute es sich wie die andern Bäume an dessen Gezwitscher und dachte nicht daran, wie unscheinbar es neben ihnen aussah.

Aber das ärgerte die schön geputzten Bäume, und ein hochmütiger Kirschbaum fing auf einmal an und sprach: ›Es ist doch ein rechtes Glück, wenn man hübsch aussieht und auch zu etwas gut ist in der Welt! Was habe ich jetzt für feine, weiße Blüten, und wenn diese abgefallen sind. dann kommen die frischen grünen Blätter und zuletzt die prächtigen roten Kirschen, an denen die kleinen und großen Leute ihr Vergnügen haben. Ach, wie froh ich bin, daß ich nicht so ein einfältiger Tannenbaum geworden bin, wie derjenige hier neben mir, der doch zu nichts auf der Welt gut ist, als um uns den Platz zu versperren!‹

›Du hast recht,‹ rief ein stattlicher Birnbaum, ›dein Nachbar ist mehr als überflüssig im Vergleich mit uns. Von meinen saftigen Birnen will ich noch gar nicht reden, aber welchen prächtigen Schatten gebe ich in der Hitze den lieben Kindern, die sich auf der Bank unter meinem Blätterdache ausruhen. Nicht einmal vor der Sonne vermag der einfältige Tannenbaum zu schützen.‹

›Ja, ja,‹ fing nun ein dicker Apfelbaum an, ›mit uns kann sich der arme Tropf freilich nicht messen. Was mich aber am meisten verdrießt, ist, daß man die langen Zapfen, welche der Herbstwind von ihm herunterschüttelt, und die weder für Mensch noch Tier genießbar sind, Tannäpfel nennt, als ob sie auch nur die entfernteste Ähnlichkeit mit meinen schmack-haften Früchten hätten; es ist wirklich zu arg!‹ Dabei schüttelte der alte Herr sein Haupt so gewaltig, daß dicke Blütenflocken zur Erde fielen und einzelne an den Nadeln des armen Tannen-bäumchens hängen blieben.

›Seht, wie er sich jetzt auch noch mit fremden Federn schmückt!‹ schrie ein naseweiser junger Pflaumenbaum, ›der Unverschämte, er glaubt, weil er spitze Nadeln habe, dürfe er uns allen trotzen!‹

Und nun fingen alle Bäume zugleich an, auf die arme Tanne zu schelten, und lobten dabei unaufhörlich ihre eigenen Früchte sowie den Nutzen, den diese brächten. Selbst die Johannis- und Stachelbeerbüsche blieben nicht still, und niemand wollte dem bescheidnen Tannenbäumchen das mindeste Gut zuerkennen.

Drüben über dem Bach war ein Wald voll schöner Buchen und Eichen; auch diese fingen an mitzuspotten und sich hervorzutun. Eine dicke Buche überschrie zuletzt alle und rief: ›Wenn wir auch keine so süßen Früchte tragen wie der liebe Kirschbaum und der vortreffliche Apfelbaum, so sind wir doch gleichfalls von dem allergrößten Nutzen. Im Sommer geben wir kühlen, prächtigen Schatten, und im Winter heizen wir die Zimmer ein, wenn es draußen stürmt und schneit, denn wir haben gutes, festes Holz, aber selbst das Holz der häßlichen Tanne ist elendes Zeug, macht schwarz und rußig und gibt keine Wärme. Nebenbei sind unsere kleinen Früchte auch gar nicht zu verachten; die Bucheln glänzen zwar nicht durch äußere Schönheit, aber man preßt gutes, fettes Öl daraus, in dem man Pfannenkuchen und Kräppeln backen kann, die sehr gut zu den gekochten Kirschen und Pflaumen schmecken!‹

›Nun, bist du bald fertig?‹ fing eine Eiche neben ihr an, ›du tust, als ob du der erste Baum im Walde wärest. Mich lasse reden. Ich bin die deutsche Eiche und ein poetischer Baum. Wo es irgendein Fest gibt, macht man aus meinen Blättern Kränze, ich komme in Millionen Gedichten vor, und mein Laub ist überall Vorbild für Stickereien in Gold, Seide und Perlen. Was nun den Nutzen betrifft, so ist der meinige ohne Widerrede der bedeutendste. Mit meinen Eicheln mästet man Schweine, und es gibt verständige Leute genug, die lieber ein gutes Stück Schweinebraten essen, als Kirschen und Birnen und wie all das süße, kraftlose Zeug heißt, mit dem ihr so gewaltig groß tut!‹ Nachdem die Eiche dies gesprochen hatte, fächelte sie sich mit ihren Zweigen, hob stolz den Wipfel empor und sah sich um, als wolle sie fragen: ›Wagt es noch jemand etwas zu sagen?‹

Wahrhaftig, die deutsche Eiche hatte mehr Mut als gewöhnlich ein deutscher Mensch. Die andern Bäume blieben auch ganz still, und keiner muckste, bis endlich eine schlanke, grüne Linde sich zu regen begann und leise säuselte: ›Ei, ei, ihr lieben Freunde! Am Ende bin ich doch noch die wichtigste von euch allen, wenn meine Blüte auch sehr klein und unscheinbar und fast nur durch ihren süßen Duft bemerkbar ist. Aber man bereitet guten heilenden Tee daraus, und haben die kleinen Leute zuviel von dem guten Obst gegessen und davon Leibschneiden bekommen, und sind die großen zu lange unter den Buchen und Eichen herumgeschwärmt, so daß sie sich den Schnupfen geholt, dann muß sie dieser Trank gesund machen, damit sie wieder von vorn anfangen können.«

Als die kluge Linde schwieg, nickten die andern Bäume und lachten, denn sie waren der schönen Linde alle gut, nur die Eiche brummte etwas in sich hinein von ›dumm und albern‹; aber sonst blieb alles ruhig.

Das arme Tannenbäumchen hatte die ganze Zeit über zitternd und schweigend dagestanden, doch nun suchte es die allgemeine Stille zu benutzen, um auch ein Wörtchen zu seiner Verteidigung zu sagen. Ganz leise und schüchtern fing es an: ›Ach, ihr lieben Bäume, ich weiß wohl, daß ihr mich als den schlechtesten von euch allen betrachtet, aber so ganz nutzlos und überflüssig bin ich doch auch nicht, wenn ich auch weniger schön geschmückt bin als ihr. Aus meinem Holze kann man Häuser und Schiffe bauen, und mit den Tannenzapfen machen die Leute ihr Feuer an, auch —‹

›Ha! ha! ha!‹ schallte es da aus allen Ecken und Enden, ›ha, ha, ha! hört‹ doch das dumme Ding; wenn es nur lieber ganz geschwiegen hätte! Mit Hobelspänen kann man auch Feuer anmachen, als ob das ein Verdienst wäre! Ha, ha, ha!‹

Und die Bäume bogen und neigten sich und wollten sich halbtotlachen, und der dicke Apfelbaum verlor noch manche weiße Blüte in seiner großen Lustigkeit. Endlich ging die Sonne unter; die Vöglein suchten ihr grünes Quartier auf und wollten ihre Ruhe haben; so wurden die Schwätzer denn stiller und stiller, und als der silberne Mond langsam heraufstieg, lag alles im tiefsten Schweigen. Nur ein Baum konnte nicht ruhen und schlafen, das war das Tannenbäumchen. Es war so betrübt, daß es gern bittre

Tränen vergossen hätte, wenn es ein Mensch und kein Baum gewesen wäre. Ach, es konnte sich gar nicht zufrieden geben und wünschte sich auch weiche, flatternde Blätter und süße Früchte, damit es von niemand mehr verspottet werden dürfe. Wie es nun so dastand in seiner Betrübnis, ward es auf einmal vor ihm ganz helle und licht, und wie aus der Erde gewachsen schwebte über dem grünen Rasen ein wunderschöner Engel. Er hatte ein langes, schneeweißes Gewand, weiße Flügel an den Schultern, auf dem Kopfe trug er einen Kranz von den schönsten Rosen, und darüber hing ein langer Schleier, der glänzte wie gesponnenes Silber.

Na, könnt ihr euch wohl denken, wer der schöne Engel gewesen? Natürlich war es niemand sonst als unser liebes Christkind, welches alles mitangehört und angesehen – wie es auch immer sieht, ob ein Kind lieb oder unartig ist. Das arme. bescheidne Tannenbäumchen tat ihm in tiefster Seele leid, und darum kam es jetzt zu ihm geflogen und sagte mit seiner süßen Stimme: ›Tannenbäumchen, was fehlt dir denn?‹

Aber das Bäumchen konnte nicht antworten, es war zu betrübt und auch zu erschreckt von dem hellen Glanz und Christkindchens Anblick; es schüttelte nur leise den Wipfel, da fuhr Christkindchen fort: ›Tannenbäumchen, ich weiß es recht gut, was dir fehlt; die bösen Bäume hier haben dich ausgelacht, weil du nicht so schön bist wie sie. Aber warte nur, bald sollst du schöner sein als sie alle. Wenn der Winter kommt und Schnee und Eis auf der Erde liegt und all die Bäume hier kahl und entlaubt stehen, dann sollst du süßere und buntere Früchte tragen als Kirschen, Birnen und Äpfel, und die Kinder werden sich mehr über dich freuen und dich lieber haben als alle andern Bäume auf der Welt!‹ Nachdem das Christkind dies gesagt, war es geradeso schnell wieder verschwunden als es gekommen, und nur der liebe, alte Mond warf noch silberne Strahlen auf die stille Welt.

So vergingen Sommer und Herbst, die Bäume hatten nach und nach alle ihre Früchte hergegeben, und der Winter kam mit raschen Schritten heran. Wohl hatten sie noch manchmal das Tannenbäumchen ausgespottet, aber es machte sich nichts mehr daraus und dachte immer nur an das, was Christkindlein ihm versprochen hatte. Bald war an dem Apfel- und Birnbaum kein Blättchen mehr zu sehen, die Eiche und Buche streckten ihre nackten Arme zum Himmel empor und froren erbärmlich, aber es half nichts – es war eben Winter, und sie mußten sich von dem kalten Nordwind nach allen Seiten hin und her zausen lassen. Unser Tannenbäumchen hielt sich wacker, es blieb so grün und frisch wie im Sommer und wartete in Geduld, bis seine Zeit käme.

Auf einmal, in einer langen dunklen Nacht, da ward es wieder ganz hell und licht, und der schöne Engel stand wieder neben dem Bäumchen und sagte: ›Ich bin da, um mein Wort zu halten. Nun sollst du einmal sehen!‹

Neben dem Christkind im Schatten stand Nikolaus, der hielt seinen großen Sack mit beiden Händen auseinander, und Christkind griff hinein und wieder hinein und überschüttete das Bäumchen mit goldnen Nüssen und Äpfeln, mit köstlichem Zuckerwerk, mit Rosinen und Mandeln, mit funkelnden Perlen und silbernen Sternen, so daß es schöner und bunter glänzte und prangte als je ein Baum zuvor.

Dann steckte der Nikolaus brennende Kerzchen an die Zweige der Tanne, da leuchtete sie fast so helle wie die Sternlein an dem dunklen Nachthimmel über ihr. Wie nun alles fertig war, klingelte Christkind laut und lange mit seiner silbernen Schelle, daß alle Bäume und Sträucher ringsumher aufwachten, sich verwundert umsahen und nicht wußten, woher auf einmal all der Glanz und die Pracht kam.

›Seht hierher, ihr Necker und Spötter!‹ rief nun Christkind mit lauter Stimme, ›der herrlich geschmückte Baum vor euch, das ist das Tannenbäumchen, welches ihr ausgespottet und gekränkt habt, und das nun schöner ist als je einer von euch gewesen. Jetzt nehme ich es mit mir, wohin ihr niemals kommt, in warme, geschmückte, helle Stuben und zu fröhlichen Menschen. Alt und jung wird sich an seinem Anblick erfreuen, und die Kinder werden es am liebsten von allen Bäumen haben!‹

Damit nahm Christkindchen das Bäumchen in die Hand, breitete seine Flügel aus, und fort war es, ehe sich die erstaunten Bäume ein wenig von ihrer Verwunderung erholen konnten. Ganz verdutzt blickten sie dem hellen Streifen nach, bis er im Dunkel entschwand, und nickten dann verdrossen und kopfschüttelnd wieder ein. Wohin aber Christkind das Tannen-bäumchen trug, das brauche ich euch nicht zu sagen, das wissen alle artigen Kinder, die zu Weihnachten eins bekommen.

Nun esset ihr zwar sehr gern frische Kirschen und süße Birnen, gebratne Äpfel und Pflaumenmus; wenn ich euch aber jetzt frage, welcher Baum ist euch der liebste von allen, was werdet ihr sagen?«

Da riefen Georg und Mathildchen jubelnd und wie aus einem Munde und alle Kinder rufen es mit ihnen: »Das Tannenbäumchen! Das Tannenbäumchen!«

Die Geschichte von dem kleinen naseweisen Mädchen

Dem Mathildchen ward die Zeit bis zum Weihnachtsabend gar zu lang; es hatte nirgends mehr Ruhe und Rast, und nur solange die Tante erzählte, blieb es ruhig auf seinem Stühlchen sitzen. Wo eine Schublade oder eine Schranktür aufgemacht wurde, hatte es blitzschnell den kleinen Blondkopf dazwischen, und lauschend und horchend stand es hinter allen Stubentüren. Es knisterte und rumorte aber auch gar verführerisch im Hause herum, und für die Nase gab es jeden Augenblick ein neues Bedenken. Bald roch es so süß und gewürzreich, dann wieder nach feuchtem Moos und Tannenharz oder auch nach ausgeblasenen Wachskerzen. Mit einem Wort, das ganze Haus war erfüllt mit dem wunderbaren, unbeschreiblichen Weihnachtsgeruch, dem zuliebe die Kinder sich gerne eine Stunde früher als gewöhnlich zu Bett schicken lassen, und der ihnen den kleinen Kopf schon im voraus ganz toll und wirblicht macht. So ging es auch dem Mathildchen, und jeden Augenblick mußte es sich bald von der Mama, bald von der Tante zurufen lassen: »Den Kopf hinweg, oder das Christkind bläst dir die Augen aus!«

Endlich ward es Abend, und sie saßen wieder bei der Tante, da fragte Mathildchen: »Liebe Tante, wie ist denn das mit dem Christkindchen, bläst es den Kindern wirklich die Augen aus?«

»Ja, freilich,« sagte die Tante, »wenn sie neugierig sind und sich nicht warnen lassen, denn sie können ja lieb sein und warten, bis es Zeit zum Gucken ist.«

»Tante,« antwortete Mathildchen kleinlaut, »ich war heute so ein ganz klein wenig neugierig und habe in Mamas

Schrank gesehen und – und – ich will aber jetzt nicht mehr hinsehen.«

»Das ist brav, und nun will ich euch eine Geschichte erzählen von einem kleinen Mädchen, das auch ein wenig naseweis war, aber nicht sehr viel, geradeso wie du, dem ist es sonderbar mit dem Christkindchen gegangen. Das Merkwürdigste an der Geschichte aber ist, daß das kleine Mädchen auch Mathildchen heißt. Nun, soll ich anfangen?«

»Ach ja, liebe Tante!«

»Ich habe euch doch früher schon erzählt, daß der Nikolaus um die Weihnachtszeit des Abends ein großes Feuer auf der Böllsteiner Höhe anzündet. Die Leute, die um den Odenwald herum wohnen, sehen das Feuer, das sich freilich von weitem nur wie ein großer Stern ausnimmt. Wenn sich nun die Kinder zu Bette legen, dann laufen sie noch vorher an das Fenster, heben den Vorhang auf, sehen hinauf nach dem Christkindfeuer und träumen dann die ganze Nacht von den schönen Sachen, die ihnen das Christkind bringen wird. Wer aber neugierig ist und zu lange hinschaut, der sieht auf einmal gar nichts mehr, und wenn endlich die Mama ruft: ›Geschwind, ins Bett hinein!‹ – so können sie es kaum noch finden. Am andern Morgen sehen sie zwar wieder, aber sie müssen doch noch sehr blinzeln und hüten sich wohl, am andern Abend wieder in das Christkindfeuer zu gucken.

Der kleinen Mathilde aber, von der ich euch nun erzählen will, ist es noch sonderbarer ergangen. Sie war sehr geschickt und lieb und folgsam, nur ein klein wenig naseweis, und wenn sie des Abends ins Bett sollte, konnte man sie kaum von dem Fenster wegbringen, weil sie immer wieder das Christkindfeuer sehen wollte. Lag sie dann unter der warmen Decke, so dachte sie immer noch an das Feuer und stellte sich vor, wie schön es da oben auf der Höhe bei dem Christkind sein müsse.

Eines Abends nun schien ihr das Feuer viel größer und heller als gewöhnlich zu sein; es sah gar nicht mehr aus wie ein Stern, sondern wie der Mond, wenn er im Herbst ganz groß und feurig über dem Rand der Berge auftaucht. Mathildchen legte sich zu Bett, nachdem sie lange in das Feuer gesehen, aber sie konnte nicht einschlafen und dachte immer wieder daran, wie es jetzt wohl da oben auf dem Böllstein aussehen möge. Sie hielt es nicht mehr aus, stand leise auf, zog ihre Strümpfe, Schuhe und Kleider wieder an und schlich sich unbemerkt hinaus vor die Türe, um das Feuer von da noch besser zu sehen.

Ach! dachte sie auf einmal, wenn ich auf den kleinen Berg hinter unserm Garten ginge, da müßte es noch schöner sein! Sie fürchtete sich gar nicht, lief auf den kleinen Berg und sah sich recht satt an dem hellen Glanz – dann wollte sie wieder nach Hause und in ihr Bettchen. Aber – aber von dem langen Sehen waren ihr die Augen ganz wie geblendet geworden; statt in den Garten kam sie auf ein Feld, rannte dann über eine Wiese, und auf einmal lief sie, ohne nur recht zu wollen, in den dunklen, dichten Wald hinein; sie hatte ihren Weg vollständig verloren und wußte gar nicht mehr, wo sie war. Von Angst getrieben, lief Mathildchen weiter und weiter, bis sie endlich ein ganz kleines Licht durch die Bäume schimmern sah.

Ach, dachte das kleine Mädchen, wo ein Licht ist, müssen doch auch Menschen sein, die mir wieder den Weg nach Hause zeigen, ich will nur immer darauf zugehen!

Sie merkte in ihrer Eile gar nicht, wie sie immer bergan lief, sondern freute sich nur, daß das Licht größer ward und ihr immer näher kam. Der Weg ward steiler, und zuletzt mußte sie atemlos stehenbleiben, denn sie konnte nicht mehr weiter. Nun schaute Mathildchen sich um, da blies ihr ein kalter Wind über die heiße Stirne, und ringsherum waren keine höheren Berge und keine Bäume mehr. Du lieber

Himmel – am Ende war gar das Kind bis hinauf auf die Böllsteiner Höhe gerannt.

Dem Mathildchen zitterten die Knie vor Angst und Müdigkeit, aber sie konnte doch nicht da stehenbleiben, und so schlich sie denn langsam weiter, von einem Baumstamm zum andern, indem sie sich dahinter versteckt hielt, bis sie auf einmal wirklich am Rande des großen freien Platzes stand, der den Böllstein bedeckt.

Aber, Kinder, was hat sie da gesehen – das Mathildchen vergaß Müdigkeit und Angst und alles, es wußte gar nicht mehr, ob es schon im Himmel oder noch auf Erden war. Es starrte ganz verloren hinein in die Herrlichkeit, die sich da vor seinen Blicken ausbreitete.

Denkt euch, Kinder, das war die Nacht, in der das Christkindchen alles, was es das Jahr über zusammengeholt und mit den Engelchen gearbeitet hat, aufstellt und ausbreitet und dann auswählt, was es jedem von den kleinen und großen Leuten bringen will. Die Christbescherung für die ganze Welt stand hier auf einmal beieinander, und nun könnt ihr euch denken, wie das glitzerte und flimmerte, und wie Mathildchen ganz im Ernste glaubte, sie sei blind geworden, so sehr stach ihr all der Glanz in die Augen. Nun wußte sie auch, wovon der Wald so hell und warum das Feuer so groß erschienen war, denn die hohen Tannen und Fichten, welche um den freien Platz herumstehen, waren übersät mit brennenden Wachskerzen, so daß sie fast den Mond und die Sterne überstrahlten.

In der Mitte aber war das Schönste von allem, da stand das liebe, goldige Christkindchen selber und überschaute seine Herrlichkeiten. Ein schneeweißes Kleid, mit goldenen und silbernen Sternen gestickt, fiel ihm bis herab auf die Füße. Den feinen Schleier hielt eine hohe Sternenkrone fest, unter welcher die großen blauen Augen so selig und gut hinauf in den Himmel blickten und die Wangen in so hellem

Rosenlicht glühten, daß man über diesem Anblick alles übrige vergaß. Mathildchen konnte lange kein Auge von ihm verwenden, aber als sie nun endlich weiter um sich schaute, puh! da ward ihr wieder angst und bange.

Auf der Erde ganz dicht zu Christkindchens Füßen saß der Knecht Nikolaus, der war nicht so holdselig anzuschauen. Er war in seinen Pelzrock gehüllt, hatte die Pelzmütze fast bis an die Nase ins Gesicht gezogen, und auf seine Brust herab wallte nicht mehr wie früher ein schwarzer, sondern ein langer, weißer Bart. Neben dem hellen, freundlichen Christkindchen sah er noch dunkler und mürrischer aus als gewöhnlich. Er machte auch grade jetzt ein besonders verdrießliches Gesicht und hatte neben sich wieder einen ganzen Berg von Ruten liegen.

›Laß gut sein, Nikolaus,‹ sagte jetzt das Christkind mit seinem hellen feinen Stimmchen, das noch viel süßer klang als das silberne Schellchen, ›wir haben jetzt Ruten genug.‹

›Nein,‹ brummte Nikolaus mit einer Stimme, daß Mathildchen meinte, ein dumpfer Donner rolle über die Odenwaldberge hin, ›ich muß noch eine vom Kräutchen Eigensinn machen; dort unten wohnt ein kleiner Junge, der heißt Georg und hat sie sehr nötig.‹

Als Mathildchen hinter ihrem Baum dies hörte, ging ihr fast der Atem aus, sie hatte ja ein recht eigensinniges Brüderchen, das hieß Georg, und sie seufzte zitternd: ›Ach!‹

Aber, o weh! Trotz seiner Pelzkappe hat der Nikolaus die feinsten Ohren; er schaute auf und sah hinter dem Baum ein Stück von einem roten Röckchen hervorgucken und ein kleines vor Schreck fast weißes Näschen, das sich ängstlich in die Rinde drückte. Er ward vor Zorn ganz rot im Gesicht und rief mit einer fürchterlichen Stimme: ›Was steckt denn da hinten? Hervor, du kleines naseweises Ding, daß ich dir die Rute gebe! Kannst du nicht warten bis zu dem

Weihnachtsabend und kommst da herauf, um uns auszu spionieren!‹

Da blieb dem armen Mathildchen doch ganz gewiß gar nichts anders übrig, als laut zu schluchzen und zu weinen, und das tat sie denn auch recht herzhaft.

›Jetzt heulst du uns auch noch die Ohren voll‹, schrie der Nikolaus immer zorniger. Christkindchen aber hob seine kleine weiße Hand auf, tippte damit dem Nikolaus auf die Schulter und sagte: ›So schweige doch stille, du alter Brummbär! Du hast das arme, kleine Mädchen ja so erschreckt, daß es gar nicht mehr sprechen kann.‹

Dann schwebte es zu Mathildchen hin, das schluchzend den Baum umspannt hielt, und sagte freundlich, ach! so freundlich: ›Komm her, mein liebes Kind, fürchte dich nicht, sondern sage mir, wie du so ganz allein da in der Nacht zu mir heraufkommst.‹

Während es so sprach, schüttelte der Nikolaus zornig mit dem Kopf und band noch emsiger als zuvor an seinen Ruten, denn er ärgerte sich offenbar über das Christkind. Das ließ sich aber nicht irremachen, führte Mathildchen herein in den Kreis, streichelte sein Haar, und als dieses endlich nicht mehr schluchzen mußte, sondern wieder ordentlich sprechen konnte, sagte es: ›Ach, liebes Christkind, sei mir nur nicht böse; ich wollte nicht auf den Böllstein, ich war nur in dem Walde verirrt, wußte gar nicht mehr, wo ich war, und lief immer dem Lichte nach, bis ich hier oben stand. Ich will auch gar nichts mehr hier ansehen, sondern gleich wieder nach Hause laufen, zeige mir nur den Weg.‹

›Wie kommst du aber so spät und ganz allein in den Wald?‹ fragte das Christkind weiter.

Da hing Mathildchen beschämt den Kopf auf die Schulter und sagte weinerlich: ›Liebes Christkind, verzeihe mir, ich war wirklich ein wenig neugierig, darum lief ich aus meinem warmen Bett hinauf auf den kleinen Berg hinter unserm Garten, aber dann wollte ich wieder nach Hause und habe mich verirrt.‹

›Es ist doch ein naseweises Ding!‹ knurrte der Nikolaus, ›des Nachts bleibt man in seinem Bett und läuft nicht heraus. Wie gern steckte ich mich in die Federn, wenn ich nicht für das Kindervolk die ganze Nacht arbeiten müßte.‹

Mathildchen schmiegte sich zitternd an Christkindchen, das aber lachte nur wieder und sprach: ›Er ist nicht so böse, als er sich stellt; fürchte dich nicht. Es war freilich recht unartig und naseweis von dir, daß du aus dem Bett gelaufen bist, aber nachher bist du ohne deine Schuld heraufgekommen, das weiß ich, und weil du sonst ein braves, folgsames Kind bist, so will ich dir verzeihen und dir für die ausgestandene Angst meine schönen Sachen zeigen, und du magst dir davon auswählen, was dir gefällt!«

Damit faßte das Christkindlein Mathildchen bei der Hand, um es im Kreis herumzuführen. Als der Nikolaus sah, daß er nichts ausrichten konnte, wollte er wenigstens sein Späßchen haben. Er griff in seinen großen Sack, nahm eine Handvoll Nüsse und Äpfel heraus und – bums – kollerte er sie dem Mathildchen zwischen die Füße, daß es vor Schrecken laut aufschrie und in eiligen Sätzen herüber- und hinübersprang. Dann bückte es sich schnell und sammelte die Nüsse und Äpfel in sein Schürzchen. Christkindchen freute sich über Mathildchens Sprünge, und auch der Nikolaus lachte in seinen langen Bart hinein, es lautete aber so sonderbar, daß man wirklich nicht recht wußte, ob er zanke oder vergnügt sei.

Vergnügt gingen die beiden weiter. Wie soll ich es euch aber beschreiben, was Mathildchen nun für Herrlichkeiten sah? Alle die himmelhohen Tannen und Fichten, die den freien Platz umstanden, waren von oben bis unten mit den schönsten Kinderspielsachen behängt. Da hingen Puppen in roten, grünen, blauen und weißen Kleidern, mit Federhütchen auf dem Kopfe, unter denen blonde oder schwarze Locken herausquollen. Andere Puppen hatten offne lange Haare, fast wie der Struwelpeter, und warteten nur darauf, daß die kleinen lieben Mädchen, zu denen sie kommen sollten, ihnen die Haare ringeln oder flechten würden. Diese hatten auch weiter gar nichts an als schneeweiße Hemdchen, aber sie standen in einem großen Kasten, in welchem rings um sie herum ihre ganze Ausstaffierung lag. Da waren gestickte Unterröcke und Beinkleider, weiße Schlafhemden und zierliche Nachthäubchen, alle möglichen Kleider von Seide, Wolle und Musselin, dazu schöne Kragen, Mäntel, Schals, Hüte, Handschuhe, Stiefelchen und Sonnenschirme – man brauchte nur zuzugreifen. Es war ein Staat grade wie für eine große Mama oder eine erwachsene Tante.

Für die kleinen Knaben war aber auch gesorgt, da hingen zahllose Wagen und Pferde, Kanonen und Bleisoldaten, Säbel, Trommeln und Flinten. Unten um die Bäume herum aber standen weiße Bettchen für die großen, schön eingerichtete Stuben für die kleinen Puppen und prächtige Puppenküchen mit glänzendem Geschirr von Porzellan, Kupfer und Blech. Daneben prangten Kaufläden und Festungen, Marställe für die Pferde, Schäfereien und Puppentheater – nein, der Kopf tut einem weh, wenn man nur daran denkt, wie mußte es erst dem Mathildchen beim Sehen zumute werden!

Nachdem es sich da satt geguckt, führte es Christkindchen zu den Felsen, die zwischen den Bäumen liegen, da waren denn die niedrigsten auch wieder ganz mit Sachen für diekleinen Leute bedeckt. Da lagen Kleidchen und Hütchen, Hosen und Kittel aller Art, Mäntelchen und Kapuzen, Stiefel und Schuhe von allen Farben, am schönsten aber waren die von blaulackiertem Leder, die das Christkind erst ganz neu von Paris hatte kommen lassen. Was aber dem Mathildchen fast am meisten in die Augen leuchtete, das war ein ganzer Berg von Bilderbüchern. Gott, wie schön!

Alle unartigen und alle geschickten Kinder waren da in Menge abgebildet, und ihre Geschichte stand in schönen Versen daruntergedruckt. Es bleibt jetzt gar nichts Böses mehr verborgen, was die Kinder tun; die ganze Welt kann es lesen, wenn Elischen eigensinnig und Sophiechen zornig war, oder wenn der Louis die Schwester schlägt und der Fritz nichts lernen will. Wer als ungezognes Kind in die Bilderbücher kommt, muß sich sehr schämen, aber wer als artiges darinsteht, darf sich freuen, das merkt euch wohl.

Nun wollte aber das Mathildchen auch sehen, was vielleicht seine Mama und sein Papa, die Tante, der Onkel und die Großeltern von dem Christkindchen bekämen. Da fehlte es denn auch nicht an den wunderschönsten Sachen. Für die großen Leute war alles auf den hohen Felsen ausgebreitet, und gar oft mußte Mathildchen sich auf die Fußspitzen stellen, um die schönen Kleider, die Uhren und goldnen Ketten, die Ringe und Armbänder, die prächtig gebundnen Bücher und herrlichen Bilder sehen zu können. Auf einmal aber standen sie einer hohen Wand gegenüber, an der man nicht mehr weiter konnte. Sie duftete ganz köstlich, nicht wie Rosen und Veilchen, aber für kleine Nasen noch viel süßer und herrlicher. Ja, was war denn das? Ei, Kinder, das war ein ganzes Gebirge von Lebkuchen, Anisgebackenem, Marzipan, verzuckerten Früchten, Schokolade-Bonbons, Zuckerbrezeln usw. usw.

So viele gute Sachen hatte das Mathildchen noch nie in seinem Leben beieinander gesehen, und es sperrte vor Erstaunen die Augen so ungeheuer weit auf, daß das Christkindchen laut darüber lachen mußte.

Es nahm aus der süßen Wand von jeder Sorte ein Stückchen und legte es in Mathildchens Schürzchen; es, waren aber so viele, daß sie kaum Platz darin fanden, und gar mancher Apfel und manche Nuß rollten wieder heraus und blieben unbeachtet an der Erde liegen. Christkindchen aber freute sich, daß Mathildchen nicht gleich ohne weiteres in das

Marzipan oder den Lebkuchen hineinbiß, sondern hübsch damit warten wollte, bis es zu Hause sei.

›Jetzt komm, mein liebes Kind,‹ sagte es freundlich, ›nun du alle meine Herrlichkeiten gesehen, wähle dir zum Christgeschenk davon aus, was dir am besten gefällt.‹

›Ach,‹ seufzte Mathildchen, ›liebes Christkindchen, dort oben an dem Baum hängt eine Puppe mit blonden Locken, einem Strohhütchen mit einer Pfauenfeder, einer roten Bluse, roten Stiefelchen und einem schwarzen Gürtel, an dem eine kleine Ledertasche hängt. Diese Puppe gefällt mir am meisten von allen. Sie sieht mir so bekannt aus, als ob ich schon lange damit gespielt hätte, die möchte ich gar zu gerne haben.‹

›Du sollst sie bekommen, mein Kind‹, sagte Christkindchen, schüttelte seine Flügel ein wenig auseinander, flog hinauf und holte die Puppe, welche ganz oben an der Spitze hing, herunter.

›Und was nun noch?‹

›Noch mehr?‹ rief Mathildchen erfreut, ›ach, dann gebe mir für meine Puppe auch ein Bettchen, in dem sie des Nachts neben meinem Bette schlafen kann, und eine Wärmflasche darin, damit mein Kind sich nicht erkältet.‹

›Hier, mein Herz‹ sagte Christkind und reichte Mathildchen eines von den schneeweißen Bettchen hin, in dem nicht allein eine Wärmflasche, sondern auch ein schönes langes Schlafkleid und ein weißes Nachthäubchen lag. Mathildchen war außer sich vor Freude; es drückte bald die Puppe und bald das Bett an sich und hielt dabei sein volles Schürzchen fest, dabei sah es so drollig aus, daß selbst der Nikolaus lachen mußte.

›Wie ist es denn mit deinen Schuhen?‹ sagte jetzt das Christkind, ›ich meine, die blaulackierten Schuhe da aus Paris dürften im Sommer zu deinem weißen Kleidchen recht niedlich aussehen, die wollen wir auf das Puppenbett legen, und eines dieser Bilderbücher wäre für die langen

Winterabende, die noch nach Weihnachten kommen, auch nicht zu verachten, meinst du nicht?‹

›Christkind, liebes Christkind, du gibst mir zuviel, du bist zu gut‹, rief Mathildchen entzückt und fiel vor dem Christkindchen auf die Knie und sah es mit ganz verklärten Augen an. Aber Christkind hob es wieder auf, fuhr ihm mit seiner weißen Hand über die Locken und sprach sanft: ›Du bist dankbar und bescheiden, meine Kleine, das ist mir lieb; bleibe nur so, und damit du es bleibst, sei fleißig und lerne etwas.

Nimm noch dieses Büchlein hier mit den schön gemalten Buchstaben, sieh jeden Tag hinein, und wenn es wieder Weihnacht ist, dann mußt du so gut lesen können, daß ich dir eines von den schönen Lesebüchern schenken kann, die hier stehen. Weil man aber nicht nur mit dem Kopf, sondern auch mit den Händen fleißig sein muß, gebe ich dir dies Arbeitskästchen, da sind Nadeln, ein Fingerhütchen und eine Schere darin, damit lerne hübsch nähen; und mit den vergoldeten Stricknadeln hier und dem Klüngel Garn strickst du bis zum nächsten Jahr für die kleine Schwester ein paar Strümpfe. Willst du fleißig und folgsam sein und dir Mühe geben, alles gut zu machen?‹

Als das Christkindchen so sprach, liefen dem Mathildchen wieder wie vorhin dicke Tränen über die roten Wangen, aber nicht wie vorher aus Angst, sondern aus Glück und Freude, und es rief: ›Herzliebes Christkind, ich verspreche dir das ganze Jahr und immer brav und fleißig, folgsam und bescheiden zu sein, so daß du und meine Eltern und alle Leute daheim ihre Freude an mir haben!‹

›Nun so geh jetzt, mein Kind,‹ sagte Christkindlein, in dem es die Kleine auf die Stirne küßte, ›die Sternlein werden blasser, und der Mond ist schon lange schlafengegangen. Eile dich, damit du in dein Bett kommst, sonst erschrickt deine Mama, wenn sie dich morgen früh nicht findet!‹ Damit packte es dem Mathildchen seine Siebensachen zusammen, gab ihm alles unter den Arm, ermahnte es, die Schürze hübsch zuzuhalten und führte es auf den rechten Weg in den Wald.

Aber, du lieber Himmel – auf dem Christkindplatz war es so warm und schön gewesen, da hatte man nichts vom Unwetter gemerkt – in dem Walde jedoch schneite es ganz fürchterlich.

›Liebes Christkind,‹ rief Mathildchen, und das Weinen war ihm wieder näher als das Lachen, ›sieh nur, wie es schneit; bis ich nach Hause komme, sind meine schönen Sachen alle verdorben!‹

›Das ist ärgerlich,‹ sagte Christkind, ›da schütteln die Engelchen wieder mein Bett auf und jagen die Flocken durch den ganzen Wald. Aber ich will schon helfen. He, Nikolaus!‹

›Weiß schon, was es soll‹, brummte der Alte, ging nach den Felsen und holte einen gar hübschen kleinen Regenschirm von rotem Zeug herbei, spannte ihn selber auf und reichte ihn dem erstaunten Mathildchen hin.

›Den soll ich auch mitnehmen?‹ sagte es schüchtern, aber seine Stimme zitterte vor Freude.

›Ja, nimm ihn nur, Naseweischen,‹ knurrte Nikolaus, ›so ein Ding hast du schon lange gebraucht, und wenn du jetzt nach Neujahr in die Schule gehst, wird es dir noch notwendiger sein.‹

›Danke, lieber Nikolaus, danke!‹ rief Mathildchen freudig.

›Jetzt bin ich ein lieber Nikolaus, ja, so ist's immer, wenn man den Leuten etwas schenkt‹, schalt er hinter ihr drein, während sie schon mit eiligen Schritten den Berg hinablief.

Am nächsten Morgen konnte das Mathildchen gar nicht aus dem Bett heraus. Die Mama hatte es wohl schon dreimal geweckt, der Bruder stand vor ihrem Bett und rief: ›Langschläfer-Tilla!‹ – und die Lisette versicherte ein über das andere Mal, daß sie jetzt Mathildchens Frühstücksmilch der Katze geben werde. Endlich, endlich machte das faule Kind die Augen auf, rieb sich den Sandmann heraus und schaute verwundert in der Schlafstube umher. Sie sah genau aus wie am Abend vorher, gar nichts Neues war darin zu erblicken.

Die Mama wird alles in das gute Zimmer getragen haben, dachte Mathildchen, dann rief es laut: ›Lisette, gib mir einmal meine Schürze, die ist ganz voll mit guten Sachen; ich brauche heute morgen kein Brot zu meiner Milch, ich esse von meinem Guts, und dem Bruder gebe ich auch davon.‹

›Was schwatzt das Kind?‹ sagte die Lisette und sah ihre Madame ganz verwundert und lachend an.

›Du brauchst mich gar nicht auszulachen, Lisette,‹ rief Mathildchen eifrig, ›ich war heute nacht oben auf der Böllsteiner Höhe und habe das Christkind und den Nikolaus gesehen, und sie haben mir herrliche Sachen geschenkt, eine prächtige Puppe und blaue Schuhe und einen roten Regenschirm und eine ganze Schürze voll Konfekt – Mama, wo hast du denn alles hingetan?‹

Das war ein Erstaunen – die Lisette schlug die Hände über dem Kopf zusammen, der Bruder schrie: ›Will auch gute Sachen und Regenschirm!‹ Die Mutter aber nahm ihr Mathildchen auf den Schoß und sagte lachend: ›Du dummes kleines Mädchen! Glaubst du denn, die Mama würde ihr Mathildchen in der Nacht auf die Böllsteiner Höhe laufen lassen, ohne etwas davon zu merken? Du hast die ganze Nacht hier süß und sanft neben mir geschlafen, nur viel zu fest, denn der Papa ist schon längst ausgefahren zu den kranken Leuten und konnte dir nur im Schlaf ein Küßchen geben.‹

›Wie, Mama?‹ rief Mathildchen und schluchzte laut, ›ich habe keine Puppe und keinen Regenschirm und kein Abcbuch?‹

›Nein, mein Herz, das hast du nur geträumt, aber, aber, wenn du noch zweimal geschlafen, dann ist es Weihnacht, dann kommt das liebe Christkind von seiner Höhe herunter zu uns, und vielleicht bringt es dir dann etwas von den schönen Sachen, die du im Traume gesehen.‹

›Ach, liebe Mama, sage ihm, daß es mir alles bringt, was es mir schon heute nacht geschenkt – es war gar zu schön!‹

›Wir wollen sehen, mein Kind!‹

Zwei ganze Tage lang mußte das Mathildchen noch warten, und während dieser Zeit war es fast mäuschenstill und machte nicht halb soviel Lärm als sonst, denn es mußte immer an das Christkind und dessen Herrlichkeiten denken. Sollte das wirklich alles nur ein Traum gewesen sein? Es hatte doch einmal irgendwo ganz deutlich die Puppe mit der roten Bluse und auch das schneeweiße Bettchen gesehen, nur wußte es jetzt nicht mehr recht, ob droben auf der Höhe oder in Mamas Schrank.

Aber nur Geduld – endlich mußte ja alles kommen! Federn aus Christkindleins Bettchen lagen fast fußhoch, die goldnen Sterne flimmerten drüber hin, da schlug die große Glocke auf dem Kirchturm fünfmal: bum! bum! bum! bum! bum! Mathildchen und seine Geschwisterchen saßen im Wohnzimmer und wagten kaum zu atmen. Es raschelte bald an dieser, bald an jener Türe so geheimnisvoll, und endlich war die ganze Familie versammelt, der Papa, die Mama, der Onkel, die Tante, die Kathrine und die Lisette.

Noch einen Augenblick – da hörte man ein silberhelles Glöckchen klingen, die Saaltüre flog auf, ach! da war Mathildchens Traum zur Wirklichkeit geworden!

Vor ihm stand ein Christbaum fast so hoch wie die Fichten auf der Böllsteiner Höhe, der war vollgesät mit Lichtern, goldnen Äpfeln und Nüssen, Marzipan, silbernen Kränzen und bunten Glaskugeln. Auf der einen Seite des Baumes stand der Nikolaus, ganz so wie ihn Mathildchen im Traume gesehen, mit dem Pelzrock, der Pelzmütze und einer großen Rute in der Hand, nur machte er ein freundlicheres Gesicht als damals, denn am Weihnachtsabend, wo alles vergnügt und lustig ist, kann er auch mit dem besten Willen nicht verdrießlich bleiben. Auf der andern Seite des Baumes aber stand das liebe goldige Christkind, und mochte den Kindern auch noch ein wenig bange sein vor dem Nikolaus, so verging ihnen schnell alle Furcht, wenn sie in sein freundliches Gesicht und seine guten blauen Augen schauten.

›Ach, liebes Christkind, bin ich denn wirklich nicht bei dir gewesen?‹ rief Mathildchen, ›geradeso wie jetzt bist du mir doch erschienen!‹

Da lächelte Christkind, legte den Finger auf den Mund, schüttelte seine Flügel auseinander und — weg waren sie beide! Die Kinder standen da und starrten die leere Stelle an, wo sie gestanden.

›Sie sind zum Fenster hinaus, Kinder,‹ sagte die Mama, ›Papa, mache wieder zu, es kommt kalt herein!‹

Der Vater schloß das Fenster, und die Kinder fingen jetzt laut zu jubeln an. Da stand ja wahrhaftig alles beieinander, was Mathildchen im Traume geschenkt bekommen hatte — die Puppe, das Bett, die blauen Schuhe, das Abcbuch, das Arbeitskästchen, das Strickzeug, der rote Regenschirm — nichts fehlte, und am wenigsten die guten Bissen, die ihm Christkindchen in die Schürze gesteckt.

›Papa, Mama,‹ rief es entzückt, ›es ist alles da! Gewiß habe ich unterwegs beim Heimlaufen die schönen Sachen verloren, und Ihr habt sie wiedergefun den!‹

›Richtig,‹ sagte die Mama, ›so wird es sein. Alles kommt zur rechten Zeit — aber‹ — und sie drohte dabei mit dem Finger — ›nur nicht mehr, wenn es wieder Weihnacht wird, ein naseweises Mädelchen sein!‹ — —

Das wirkliche Mathildchen atmete tief auf, nachdem die Tante geendet, und sagte: ›Die Christbescherung auf der Böllsteiner Höhe möchte ich aber doch auch einmal sehen.‹

›Geh,‹ antwortete die Tante, ›du bist ein kleiner Furchthase und würdest dich gar nicht getrauen, in die Nähe des

Nikolaus zu gehen. Ich glaube fast, heute abend kommt er hierher.‹

Husch, saßen Georg und Mathildchen auf der Tante Schoß, weil sie sich da sicherer glaubten, und sie hatte wirklich recht. Es rasselte an der Tür und schlug mit einer Rute daran, man hörte es ganz deutlich. Dann ging die Türe ein wenig auf, und der Nikolaus rief mit seiner brummigen Stimme herein: ›Sind hier die Kinder geschickt?‹ Und zugleich rollte er eine ganze Ladung von Äpfeln und Nüssen ins Zimmer.

Georg und Mathildchen nahmen die Tante fest um den Hals, die aber sagte: ›Die Kinder sind recht lieb und brav, Nikolaus.‹

›Dann sollen sie hierherkommen und mir ein Händchen geben und einen Vers aufsagen!‹

Die Tante stand auf, die Kinder drückten sich immer noch scheu an sie, gingen aber doch mit bis zur Türe.

›Nun, Mathildchen,‹ sagte die Tante, ›gib jetzt dem Nikolaus eine schöne Hand und sage den Christkindvers, den ich dir gelehrt.‹

Mathildchen streckte zitternd ihre Hand durch die Türspalte, da strich ihr der Nikolaus mit der Rute darüber, daß sie schreiend wieder zurückfuhr.

›Tut nichts,‹ rief die Tante lachend, ›sage nun deinen Vers‹, und Mathildchen begann:

›Liebes Christkind, laß mich sein
Stets wie du so fromm und rein,
Laß mich auch so gerne schenken
Und so gut für andre denken,
Wie du selbst tust weit und breit
In der goldnen Weihnachtszeit!‹

›Schön,‹ brummte Nikolaus durch den Türspalt, ›strecke jetzt noch einmal die Hand heraus!‹

Mathildchen gehorchte, und jetzt berührte statt der Rute etwas Weiches ihre Hand, und als sie dieselbe hereinzog, hielt sie ein großes Lebkuchenherz fest.

›Will auch,‹ rief Georg, ›kann aber keinen Vers sagen!‹

›Das sollst du auch nicht, sei aber nur nicht mehr eigensinnig, sonst gibt's Schläge!‹ so brummte es wieder durch die Türe.

Georg streckte nun auch die Hand hinaus, die erst ein bißchen mit der Rute gestreichelt wurde, dann aber ein großes Stück Anisgebacknes erhielt.

›Gute Nacht! Jetzt gehe ich wieder fort‹, rief der Nikolaus noch herein, dann hörte man ihn mit seinen schweren Pelzstiefeln forttappen. Im Hof aber gab es noch ein großes Geschrei, denn da hatte er der Lisette, die ihn necken wollte, tüchtig die Rute gezeigt. —

»Jetzt aber schnell ins Bett, Kinder,« rief die Tante, »es ist die höchste Zeit!«

Die Geschichte vom Weihnachtsmarkt

Am Tage vor Weihnachten war das Wetter hell und klar, und der Schnee war festgefroren. Da sagte die Tante zu den Kindern: »Heute führe ich euch auf den Weihnachtsmarkt, laßt euch nur schnell die Mäntelchen anziehen und die Hütchen aufsetzen!«

Das brauchte sie nicht zweimal zu sagen; in einem Augenblick waren die Kinder fertig, und nun ging es hinaus in den frischen, klaren Morgen. Man dachte aber gar nicht an die Kälte, denn in den Straßen war ein so geschäftiges Hin- und Herrennen, ein so hastiges Treiben, als ob der schönste Frühlingstag angebrochen wäre. Und fast ein Frühlingsanblick war es auch, als die Tante nun mit den

Kindern in die Straße einbog, welche zum Markte führt. Sie hielt Georg und Mathildchen an beiden Händen und so gingen sie durch zwei lange dichte Reihen von Fichten- und Tannenbäumen aller Art, groß und klein, hell- und dunkelgrün, die sich prächtig ausnahmen auf dem weißen, funkelnden Schnee. Um die Bäume herum war ein Drängen und Schieben der Menschen, daß man kaum vorbeikonnte, und überall begegnete man Leuten, die ihre Bäume nach Hause trugen.

»Aber, Tante,« sagte Mathildchen, »ich dachte, das Christkindchen bringt alles, und nun holen sich doch da die Menschen ihre Christbäume selbst nach Hause.«

»Das ist wahr,« sagte die Tante, »aber du vergissest, daß sie das Christkind alle hierhergeschickt, und unsichtbar geht es jetzt mit dem Nikolaus umher und sieht und hört alles, was hier vorgeht. Es gibt jetzt so sehr viele Menschen auf der Welt, daß die beiden mit dem besten Willen nicht mehr alle Geschäfte allein fertigbringen können, und da müssen sie sich schon von den großen Leuten ein wenig helfen lassen. Verstehst du das?«

»Ja, Tante, ganz gut«, antwortete Mathildchen, und befriedigt gingen sie weiter nach dem Markte, wo eine Bude neben der andern stand, angefüllt mit begehrenswerten Herrlichkeiten. Auch da ging es munter zu, und namentlich vor den Puppenladen standen ganze Reihen von Kindern, die zusahen, wie die Puppen sich an langen Fäden hin und her schaukelten.

Georg und Mathildchen sperrten Mund und Nase auf, die Tante aber ging bald da, bald dort an eine Bude, sprach leise einige Worte und ließ dann geheimnisvoll etwas in ihre große Markttasche gleiten.

»Tante, kaufe mir auch etwas,« bat Mathildchen, »die Puppe mit dem rosa Kleid möchte ich gerne haben, die gefällt mir!«

»Mir auch kaufen, eine Peitsche!« rief Georg.

»Ihr seid klug,« sagte die Tante, »ihr wollt also schon heute und morgen noch einmal beschert haben?«

»Ja, Tante, recht gern!« rief das kleine, mutwillige Volk und – was wollte die gute Tante machen? Sie kaufte die Puppe und die Peitsche, und als sie erstere gerade dem Mathildchen hinreichen und in die ausgestreckte Hand geben wollte, hörte sie hinter sich sagen: »Ach, wenn doch die schöne Puppe mein wäre!«

Sie sahen sich alle um, da stand ein Häuflein Kinder beieinander, vier oder fünf, die waren ganz blau und rot gefroren, denn sie hatten nur schlechte dünne Kleider an, und der Wind zerzauste ihre gelben unbedeckten Haare. Das Kind, welches gesprochen, war ein wenig kleiner als Mathildchen und streckte immer noch die Hand nach der Puppe aus, obgleich die größeren es am Rocke zupften und ihm wehrten. Ach, es hätte doch gar zu gern auch einmal in seinem Leben eine schöne neue Puppe gehabt, aber es waren arme Kinder, für die niemand den Christbaum schmückte, und die sich mit dem bloßen Ansehen und Wünschen begnügen mußte.

»Möchtest du die Puppe haben?« sagte die Tante freundlich zu dem kleinen Mädchen, und Mathildchen zog sie am Kleid und flüsterte: »Liebste Tante, kaufe dem Kinde doch auch eine!«

Die Tante aber schüttelte den Kopf, und da das kleine Mädchen nicht antwortete, sondern verschämt wegsah, fragte sie den größten Knaben, ob sie Geschwister seien, wie sie hießen und wo sie wohnten? Er gab auf alles ordentlich Antwort, die Tante schrieb es in ihr Notizbuch, dann nickte sie den Kindern freundlich zu und ging weiter.

»Aber Tante –« sagte Mathildchen ganz erstaunt.

»Komm nur schnell,« lautete die Antwort, »es ist viel zu kalt, um lange stillzustehen, und wir haben noch eine Menge Geschäfte. Nicht wahr, Mathildchen, die Puppe mit dem rosa Kleid gibst du gern dem kleinen Mädchen, und

Georg überläßt seine Peitsche dem dicken Jungen mit der Schmutznase, der gerade so groß ist wie er?«

»Ja, Tante, sehr gern!« riefen die Kinder, »aber sie sind ja nicht mehr da, wir haben sie im Gedränge verloren!«

»Nur Geduld, sie werden sich schon wiederfinden. Da hat uns das unsichtbare Christkind einen Teil seiner Arbeit übertragen, und wir müssen uns eilen, daß wir unsere Sache gut machen. Ihr werdet schon sehen, wie das ist.«

Nun kaufte die Tante noch allerlei hübsche Spielsachen ein, auch einige warme Kleidungsstücke, dann verschiedenes Gebackene, Glaskugeln, Wachskerzchen und zuletzt ein kleines Bäumchen, das Mathildchen zu ihrer höchsten Freude eigenhändig nach Hause tragen durfte. Das kleine Volk verging fast vor Neugierde, was es mit all den Dingen geben sollte, die Tante sagte aber nur: »Wartet bis heute abend!«

Der Abend kam und mit ihm die trauliche Erzählerstunde. Die Kinder saßen eng an die Tante gedrückt, und Georg seufzte so recht aus Herzensgrund: »Ach, jetzt brauchen wir nur noch einmal zu schlafen« – »und dann ist das liebe Christkindchen da!« fuhr Mathildchen fort und klatschte dabei jubelnd in die Hände. »Aber Tante, was erzählst du uns denn heute?«

»Heute erzähle ich euch eine Geschichte vom Weihnachtsmarkt, die ist noch viel schöner, als die unsrige werden wird; hört mir recht aufmerksam zu:

Vor vielen, vielen Jahren, als ihr noch lange nicht auf der Welt waret, ist der Weihnachtsmarkt schon ebenso schön gewesen wie heute, und alle Kinder der Stadt, die armen wie die reichen, gingen hin, sich die Herrlichkeiten zu betrachten. Das Christkind hatte schon damals die Gewohnheit, sich unbemerkt unter die Menge zu mischen; über sein weißes Kleid hatte es einen langen dunklen Mantel gezogen, und sein Blondköpfchen hielt es unter einer Kapuze versteckt. Niemand konnte es erkennen, und so hörte es, was die Leute miteinander redeten und was sie sich wünschten. Vornehmlich aber merkte es auf die Kinder, ob sie sich bescheiden oder habgierig und unartig auf dem Weihnachtsmarkt benahmen. Gegen Abend kam es an eine Bude, in welcher die schönsten Kinderspielsachen des ganzen Marktes zu finden waren; und sie war ganz umdrängt von Kindern, die voll Sehnsucht und Bewunderung die wundervollen Puppen, die Kochherde, die zierlichen Porzellangeschirre, die Puppenmöbel, sowie die bunt aufgezäumten Pferdchen, die Flinten, Trommeln und Trompeten betrachteten. Eines machte das andere auf immer neue Wunder aufmerksam, und Christkind freute sich an ihrer Freude und lachte fröhlich mit ihnen. Auf einmal sah es ganz am Ende der Bude ein kleines Mädchen von etwa zehn Jahren stehen, das einen schweren zappelnden Buben auf dem Arm hielt, der fortwährend in die Höhe reichte, so daß die Kleine große Mühe hatte, ihn festzuhalten.

Sie mußte sehr arm sein, denn sie hatte ein ganz dünnes Röckchen an, und ihre Arme waren halb entblößt, aber das Haar war ordentlich gekämmt und in zwei feste Zöpfe geflochten, unter denen ein Paar dunkelblaue Augen gar gutmütig und freundlich hervorschauten. Sie lächelte bald dem Brüderchen zu, bald betrachtete sie die schönen Dinge mit einer Freude, daß man sich selber darüber freuen mußte. Christkindchen ging zu dem Mädchen, legte ihm leise die Hand auf die Schulter und sagte mit seiner süßen Stimme: ›Liebes Kind, die Sachen da gefallen dir wohl sehr gut, wähle dir etwas davon aus, was du am liebsten haben möchtest, ich will es dir zum Weihnachtsgeschenke geben.‹ Das Kind ward dunkelrot vor Freude, seine Augen leuchteten, und sein Blick durchlief die bunte Reihe, die vor ihm prangte. Da reichte das Brüderchen wieder jauchzend mit dem Händchen empor. Das Mädchen drückte das Kind an sich, folgte seinem verlangenden Blick und sagte dann schüchtern, indem es die Augen niederschlug: ›Wenn Sie mir wirklich eine Freude machen wollen, so geben Sie meinem Brüderchen die goldglänzende Trompete, die da oben hängt, es möchte sie gar zu gern haben.‹

Dem guten Christkind kamen die Tränen in die Augen, als es das hörte. Das war ein Kind nach seinem Sinn. Es gönnte dem Brüderchen lieber eine Freude als sich selbst. Schnell nahm Christkind die Trompete herunter, reichte sie dem Brüderchen hin, das hellauf lachte, und ging weiter.«

»Da hätte doch das Christkind dem guten Mädchen auch etwas geben können!« rief Mathildchen eifrig.

»Sei nur ruhig und höre weiter zu: Christkind machte es noch viel besser. Da es alle Menschen kennt, so wußte es, daß das brave Schwesterchen, welches seinen Bruder so liebhatte, Mariechen hieß, daß seine Eltern sehr arm waren, und daß sie ganz am Ende der Stadt in einem alten kleinen Häuschen wohnten.

Am nächsten Abend war Weihnacht. Schon flammten überall die Christbäume, es jauchzten und lärmten die Kinder, in dem kleinen Häuschen aber war es dunkel und still.

›Wir sind zu arm, wir können das Christkind nicht bestellen‹, sagte die Mutter zu ihren fünf Kindern, als sie beieinander saßen und eines derselben fragte, ob denn das Christkind nicht auch zu ihnen käme? Dabei weinte sie, und die Kinder taten es auch. Nur der kleine Bruder war vergnügt, der schmetterte laut auf seiner Trompete, und das gute Mariechen, welches das älteste der Geschwister war, weinte auch nicht und sagte: ›Ach, wir sind doch vergnügt, wir haben einander ja so lieb.‹

Auf einmal aber ward es lebendig vor dem kleinen Hause; es klingelte so sonderbar und leise durch die dunkle Nacht, und da kam ja wahrhaftig ein Eselein einhergetrabt, neben dem ging ein dunkler Mann mit einem langen weißen Bart, und auf dem Esel saß ein wunderschöner Engel mit weißen glänzenden Flügeln und einem lichtblauen Gewande, das war wie der Winterhimmel mit flimmernden Sternen ganz übersät. Das konnte ja wohl niemand anders sein als unser liebes Christkind mit seinem getreuen Knecht Nikolaus. Der band das Eselchen an die Türe fest, Christkind stieg ab, machte leise die Türe auf, und Nikolaus trug die schweren Tragkörbe, die er dem Esel abgenommen, in das Haus hinein.

In der Küche stellten sie alles nieder, dann schellte Christkind laut und lange, daß sie drinnen in der Stube alle in die Höhe fuhren und nach der Türe liefen, um zu sehen, was das bedeute. Daß es so kommen würde, hatte sich der Nikolaus schon gedacht; er stand darum vor der Stubentüre und rief, als sie aufging, mit seiner Bärenstimme hinein: ›Es soll niemand herauskommen als das Mariechen!‹

Da flohen alle voll Furcht wieder zurück, und nur Mariechen kam unerschrocken heraus und sagte: ›Da bin ich, was soll ich tun?‹

›Komm in die Küche!‹ brummte der Nikolaus jetzt etwas sanfter, und als sie hineinkam, da war diese ganz erfüllt von dem wunderbarsten Glanze, und Mariechen sah das Christkind leibhaftig vor sich stehen. Nun erschrak es so sehr, daß es fast umgefallen wäre. Christkind aber faßte es in die Arme, küßte es auf die Stirne und sagte: ›Kennst du mich noch?‹ – und als Mariechen erstaunt mit dem Kopfe schüttelte, fuhr es fort: ›Aber ich kenne dich, so wie ich alle guten und braven Kinder kenne. Ich war die Frau, die dir gestern auf dem Weihnachts-markt die Trompete für den Bruder gab, weil du ihm lieber eine Freude gönntest als dir selbst, und darum komme ich, um heute auch dir ein Vergnügen zu bereiten. Weil du so gerne gibst, sollst du jetzt deinen lieben Geschwistern und deiner Mutter an meiner Stelle bescheren. Ist dir das recht?‹

Das gute Mariechen schluchzte laut vor Freude: ›O Christkind,‹ rief es, ›so viel verdiene ich ja gar nicht.‹

›Weine jetzt nicht, Mariechen, sondern eile dich, wir müssen wieder fort,‹ sagte Christkind, ›gehe hinein in die Stube und schicke sie alle in die Kammer, damit wir anfangen können.‹

Mariechen wußte nicht, ob es träume oder wache, aber es lief hinein in die Stube und rief zwischen Weinen und Lachen: ›Macht euch schnell alle hinein in die Kammer und guckt ja nicht durchs Schlüsselloch, es kommt etwas sehr Schönes!‹

Die Mutter wollte fragen, aber Mariechen bat sie so herzlich, mit den Geschwistern hineinzugehen, daß sie sich fügte. Dann schloß Mariechen schnell die Türe hinter ihnen zu, lief in die Küche, dann wieder herein und holte auf Christkinds Geheiß ein weißes Tuch aus dem Schrank, das es über den alten schwarzen Tisch breitete. Nun fing der Nikolaus an auszupacken und seine Siebensachen in die Stube zu schleppen. Mitten auf den Tisch stellte er einen Christbaum, der war über die Maßen schön geschmückt und mit Lichtern ganz übersät. Der Baum stand in einem Moosgärtchen, darin weideten weiße flockige Schafe mit goldnen Halsbändern und langen roten Beinen, und ein Schäfer saß auf einem Felsen und blies auf seiner Schalmei, man hörte es aber nicht. Dann wurden um den Baum herum große Herzlebkuchen gelegt, für die Mutter und jedes der Kinder einer. Auf jedem schichtete Christkind ein Häufchen Äpfel, Nüsse und Anisgebacknes auf und legte die Pakete daneben, die Nikolaus ihm reichte. Da war für die Mutter ein warmes Tuch, für Gretchen ein Kleidchen und eine schöne Puppe, für Hans eine Mütze und ein Lesebuch, für Jakob ein Kittel und eine Flinte und für den kleinen Trompeter, der spaßigerweise auch gerade Peterchen hieß, warme Schuhe und Strümpfe und ein Paar wundernette Pferdchen mit roten Zäumen.

Mariechen half auspacken und auflegen und war ganz außer sich vor Freude. Als sie fertig waren, sagte Christkind: ›Für dich, Mariechen, habe ich nichts, was meinst du dazu?‹

›Oh, liebes Christkind,‹ rief Mariechen und hob die gefalteten Hände in die Höhe, ›ich bin doch die Glücklichste von allen; du gibst mir das Schönste und Beste, indem ich den andern bescheren und ihre Freude sehen darf.‹

›Recht so, meine Kleine,‹ antwortete Christkind und küßte Mariechen wieder auf die Stirne, ›bleibe so gut und liebevoll, und es wird dir wohlgehen auf der Erde, und alle Menschen werden dich lieben!‹

›Wir müssen fort,‹ mahnte Nikolaus, ›wir sind noch lange nicht fertig.‹

›Ich komme schon, alter Brummbär‹, sagte Christkind, breitete seine Flügel auseinander, lächelte Mariechen noch einmal freundlich zu und – fort waren sie. Nur ganz aus der Ferne hörte man noch Eselchens Glöcklein erklingen.

In dem engen Häuschen aber erhob sich jetzt ein Jubeln und Jauchzen, wie es in keinem der reichen stattlichen Häuser froher und herzlicher sein konnte. Auf Mariechens Ruf waren alle aus der dunklen Kammer herausgestürzt, standen erst einen Augenblick wie versteinert, und dann brach die helle Freude los.

›Ach, was für ein schönes Kleid! – Wie, eine Flinte für mich? Ich schieße euch alle tot: Piff, paff, puff! – Ein Buch, ein Buch! Daraus lese ich euch vor! – Zieh, Gaul, zieh!‹ So ging es wohl eine Viertelstunde lang ohne Aufhören, man wurde fast taub von dem Lärmen.

›Aber Mariechen, du hast ja gar nichts‹, riefen auf einmal die Geschwister, nachdem sie sich an ihren Geschenken und dem strahlenden Christbaum satt gesehen.

Die Mutter, die bis dahin nur bald gelacht, bald geweint hatte, nahm ihr Mariechen in den Arm, küßte und drückte es fest an sich und sagte zu den andern: ›Seht ihr nicht, daß sie das Beste bekommen hat! Weil sie so gerne gibt, durfte sie uns geben, und das ist immer noch zehnmal seliger als nehmen.‹« –

Wie nun die Tante schwieg, denn die Geschichte war zu Ende, blieben die Kinder noch ein Weilchen stille sitzen, dann sagte Mathildchen: »Tante, ich möchte die rosa Puppe, welche du mir heute gekauft hast, gerne dem kleinen Mädchen bescheren, das wir heute auf dem Markt gesehen. Wenn wir nur wüßten, wie es heißt und wo es wohnt!«

»Und ich will die Peitsche bescheren!« rief Georg.

»Wollt ihr gerne?« sagte die Tante; »nun, das ist schön, da haben wir ja alle drei den nämlichen Gedanken, und ich weiß auch, wie die Kinder heißen und wo sie wohnen. Heute abend erlaubt euch die Mama, ein Stündchen länger aufzubleiben; da sollt ihr mir eine ganze Weihnachts-bescherung für sie rüsten helfen!«

Georg und Mathildchen klatschten vor Freude in die Hände und liefen geschäftig hin und her, der Tante zu helfen. Erst wurde das Tannenbäumchen hereingebracht, welches sie auf dem Markte gekauft hatten, wurde in ein Moos-gärtchen gesteckt, in dem gleichfalls rotbeinige Schafe weideten, und hernach wurde feierlichst die große Tasche herbeigeschleppt, die so viele Schätze verschlungen hatte und die sie nun alle wieder herausgeben mußte.

Die Kinder bekamen Nadeln und Faden, damit fädelten sie die Glasperlen ein, dann wickelten sie feinen Draht um die goldnen und silbernen Nüsse und knüpften lange Seiden-fäden an die Konfektstücke. Die Tante hing alles auf, befestigte die Kerzchen an dem Baume, und bald stand er fertig geschmückt vor ihnen. Dann wurden die Spielsachen und Kleidungsstücke, welche die Tante besorgt hatte, herbeigeholt, für jedes Kind wurde ein Päckchen gemacht und sein Name darauf geschrieben. Daß die rosa Puppe und die Peitsche mit dabei waren, versteht sich von selbst.

Sie waren kaum fertig, als es anklopfte und eine Frau hereintrat, die gar ärmlich, aber reinlich gekleidet war. Die Tante begrüßte sie freundlich und sagte zu ihr: »Liebe Frau, da haben wir, mein Mathildchen, mein Georg und ich, eine kleine Christbescherung für Ihre Kinder hergerichtet. Nehmen Sie alles mit sich, verstecken Sie es daheim, und morgen abend, wenn es fünf Uhr schlägt, zünden Sie den Kinderchen den Christbaum an, da brennt er gerade zur selben Zeit mit dem unsrigen.«

Die Frau war überglücklich; sie drückte der Tante die Hand, küßte Georg und Mathildchen und packte dann mit deren Hilfe alles wohl zusammen.

Nun waren aber die Kinder sehr müde sowie die Tante auch. Sie setzte sich mit ihnen noch einen Augenblick auf das Sofa und nahm jedes in einen Arm, da sagte Mathildchen, indem es sein Köpfchen an die Schulter der Tante legte: »Tantchen, ich bin so vergnügt! Ich denke gar nicht mehr daran, daß morgen schon Weihnachten ist, ich meine, es habe mir schon beschert!«

»Ich bin auch vergnügt, mein Goldkind,« antwortete die Tante, »denn das gibt eine Bescherung nach meinem Sinn. Aus den großen allgemeinen Bescherungen, wo die armen Kinder in fremden Häusern und unter den Augen von fremden Leuten in einen Saal mit einigen Christbäumen getrieben werden, wo sie sich kaum umzusehen, noch weniger sich laut zu freuen wagen, und dann, wenn sie heimkommen, ihr dunkles Stübchen noch dunkler finden, mache ich mir im Grunde nicht viel. Wenn ich ein König wäre, müßte am Weihnachtsabend in jedem Häuschen, wo Kinder sind, ein Christbaum brennen, und wäre er auch nicht größer als meine Hand!«

Die Tante sagte das eigentlich nur für sich, denn die Kinder hätten es doch nicht verstanden und waren auch schon halb eingeschlafen. –

Als es aber wieder Abend ward, da brauchte die Tante nichts mehr zu erzählen, denn da war der heilige Christ selber gekommen und hatte alle Wünsche, Träume und Hoffnungen in glückselige Wirklichkeit verwandelt. Georg und Mathildchen waren außer sich vor Freude, sie wußten kaum, was sie zuerst und am meisten bewundern sollten. Mathildchen stand vor einer herrlichen Puppenküche und war bereits in voller Tätigkeit, einen Kuchen zusammenzurühren, da rief sie plötzlich aus ihrem Jubel heraus: »Ach Tante, eben denke ich dran! Jetzt ist es auch hell bei den armen Kindern und beschert es bei ihnen. Das ist doch noch das Allerschönste!«

»Ja, das Allerschönste!« wiederholte der Georg von seinem neuen Schaukelpferde aus.

* * * * * * *

Titelliste Taschenbuch-Literatur-Klassiker

Bd. 1 *Abenteuer und Fahrten des Huckleberry Finn*, Mark Twain, Bd. 2 *Andersens Märchen*, Hans Christian Andersen, Bd. 3 *Anton Reiser,* Karl Philipp Moritz, Bd. 4 *Aus dem Leben eines Taugenichts*, Joseph Freiherr v. Eichendorff, Bd. 5 *Bahnwärter Thiel*, Gerhard Hauptmann, Bd. 6 *Bambi Eine Lebensgeschichte aus dem Walde*, Felix Salten, Bd. 7 *Bauern, Bonzen und Bomben*, Hans Fallada, Bd. 8 *Bel Ami*, Guy de Maupassant, Bd. 9 *Bergkristall*, Adalbert Stifter, Bd. 10 *Candide oder der Optimismus*, Voltaire, Bd. 11 *Caspar Hauser oder Die Trägheit des Herzens*, Jakob Wassermann, Bd. 12 *Dantons Tod*, Georg Büchner, Bd. 13 *Das Bildnis des Dorian Grey*, Oscar Wilde, Bd. 14 *Das Dschungelbuch*, Rudyard Kipling, Bd. 15 *Das Fräulein von Scuderi*, ETA Hoffmann, Bd. 16 *Das Gemeindekind*, Marie v. Ebner-Eschenbach, Bd. 17 *Das Heptameron, Margarete v. Navarra,* Bd. 18 *Märchenbriefbuch der heiligen Nächte*, Max Dauphtendey, Bd. 19 *Das Marmorbild*, Joseph v. Eichendorff, Bd. 20 *Das Schloss*, Franz Kafka, Bd. 21 *Das Urteil*, Franz Kafka, Bd. 22 *David Copperfield*, Charles Dickens, Bd. 23 *Der abenteuerliche Simplizissimus*, Grimmelshausen, Bd. 24 *Der arme Spielmann*, Franz Grillparzer, Bd. 25 *Der eingebildete Kranke*, Moliere, Bd. 26 *Der ewige Spießer*, Ödön v. Horváth, Bd. 27 *Der Fürst*, Nocolò Machiavelli, Bd. 28 *Der Glöckner von Notre Dame*, Victor Hugo, Bd. 29 *Der goldene Esel, Apuleius, Bd. 30 Der goldene Topf*, ETA Hoffmann, Bd. 31 *Der Graf von Monte Christo*, Alexandre Dumas, Bd. 32 *Der grüne Heinrich*, Gottfried Keller, Bd. 33 *Der kleine Häwelmann und andere Märchen*, Theodor Storm, Bd. 34 *Der kleine Lord*, Frances Hodgson Burnett, Bd. 35 *Der letzte Mohikaner*, James Fenimore Cooper, Bd. 36 *Der Prozess*, Franz Kafka, Bd. 37 *Der Sandmann*, ETA Hoffmann, Bd. 38 *Der Schimmelreiter*, Theodor Storm, Bd. 39 *Der Schuss von der Kanzel*, Conrad Ferdinand Meyer, Bd. 40 *Der Seewolf,* Jack London, Bd. 41 *Der seltsame Fall des Dr. Jekyll und Mr. Hyde*, Robert Louis Stevenson, Bd. 42 *Der Stechlin*, Theodor Fontane, Bd. 43 *Der Sturmheidhof (Sturmhöhe)*, Emily Brontë, Bd. 44 *Der Tor und der Tod*, Hugo v. Hofmannsthal, Bd. 45 *Der Weg ins Freie*, Arthur Schnitzler, Bd. 46 *Der zerbrochene Krug*, Heinrich v. Kleist, Bd. 47 *Deutsches Märchenbuch,* Ludwig Bechstein, Bd. 48 *Deutschland. Ein Wintermärchen*, Heinrich Heine, Bd. 49 *Die Abenteuer der sieben Schwaben*, Ludwig Aurbacher, Bd. 50 *Die Burg von Otranto*, Horace Walpole, Bd. 51 *Die drei Musketiere*, Alexandre Dumas, Bd. 52 *Die Elixiere des Teufels*, ETA Hoffmann, Bd. 53 *Die Geschichte meines Lebens*, Georg Ebers, Bd. 54 *Die Insel Felsenburg*, Johann Gottfried Schnabel, Bd. 55 *Die Judenbuche*, Annette v. Droste-Hülshoff, Bd 56. *Die Kameliendame*, Alexandre Dumas, Bd. 57 *Die Kartause von Parma*, Stendhal, Bd. 58 *Die Kreutzersonate*, Lew Tolstoi, Bd. 59 *Die Leiden des jungen Werther*, Johann Wolfgang v. Goethe, Bd. 60 *Die Leute von Seldvyla I*, Gottfried Keller, Bd. 61 *Die Leute von Seldvyla II*, Gottfried Keller, Bd. 62 *Die Marquise*, George Sand, Bd. 63 *Die Marquise von O.,*

Heinrich v. Kleist, Bd. 64 *Die Memoiren der Fanny Hill*, John Cleland, Bd. 65 *Die Ratten*, Gerhard Hauptmann, Bd. 66 *Die Räuber*, Friedrich v. Schiller, Bd. 67 *Die Regentrude*, Theodor Storm, Bd. 68 *Die Reisen des Baron zu Münchhausen*, Bd. 69 *Die Schatzinsel*, Robert Louis Stevenson, Bd. 70 *Die Verlobten*, Allessandro Manzoni, Bd. 71 *Die Verwandlung*, Franz Kafka, Bd. 72 *Die Verwirrungen des Zöglings Törleß*, Robert Musil, Bd. 73 *Die Waffen nieder*, Berta von Suttner, Bd. 74 *Die Wahlverwandtschaften*, Johann Wolfgang v. Goethe, Bd. 75 *Don Carlos*, Friedrich v. Schiller, Bd. 76 *Eduards Traum*, Wilhelm Busch, Bd. 77 *Effi Briest*, Theodor Fontane, Bd. 78 *Egmont*, Johann Wolfgang v. Goethe, Bd. 79 *Ein Held unserer Zeit*, Michail Lermontoff, Bd. 80 *Einsichten und Ausblicke*, Gerhard Hauptmann, Bd. 81 *Emilia Galotti*, Gottold Ephraim Lessing, Bd. 82 *Erinnerungen aus galanter Zeit*, Giacomo Casanova, Bd. 83 *Erzählungen*, Wilhelm Busch, Bd. 84 *Es waren zwei Königskinder*, Theodor Storm, Bd. 85 *Essays*, Michel de Montaigne, Bd. 86 *Franz Sternbalds Wanderungen*, Ludwig Tieck, Bd. 87 *Fräulein Else*, Arthur Schnitzler, Bd. 88 *Frühlings Erwachen*, Frank Wedekind, Bd. 89 Gedanken, Blaise Pascal, Bd. 90 *Gefährliche Liebschaften*, Pierre-Ambroise-François Choderlos de Laclos, Bd. 91 *Gegen den Strich*, Joris-Karl Huysmany, Bd. 92 *Geschichte des Fräuleins von Sternheim*, Sophie v. La Roche, Bd. 93 *Geschichte vom braven Kasperl und dem Anner*l, Clemens Brentano, Bd. 94 *Geschichten aus dem Wienerwald*, Ödön v. Horváth, Bd. 95 *Glanz und Elend der Kurtisanen*, Honore de Balzac, Bd. 96 *Glück und Unglück der berühmten Moll Flanders*, Daniel Defoe, Bd. 97 *Götz von Berlichingen*, Johann Wolfgang v. Goethe, Bd. 98 *Gullivers Reisen*, Jonathan Swift, Bd. 99 *Heidis Lehr und Wanderjahre*, Johann Spyri, Bd. 100 *Heinrich von Ofterdingen*, Novalis, Bd. 101 *Hiob Roman eines einfachen Mannes*, Joseph Roth, Bd. *102 Immensee*, Theodor Storm, Bd. 103 *Iphigenie auf Tauris*, Johann Wolfgang v. Goethe, Bd. 104 *Italienische Märchen*, Clemens Brentano, Bd. 105 *Ivannhoe*, Walter Scott, Bd. 106 Jahrmarkt der Eitelkeiten, William Makepaece Thackeray, Bd. 107 *Jane Eyre*, Charlotte Brontë, Bd. 108 *Jugend ohne Gott*, Ödön v. Horvath, Bd. 109 *Jürg Jenatsch*, Conrad Ferdinand Meyer, Bd. 110 *Kabale und Liebe*, Friedrich v. Schiller, Bd. 111 *Kasimir und Karoline*, Ödön v. Horvath, Bd. 112 *Kinder- und Hausmärchen*, Gebrüder Grimm, Bd. 113 *Kleiner Mann, was nun*, Hans Fallada, Bd. 114 *König Alkohol*, Jack London, Bd. 115 *Krambambuli*, Marie Ebner-Eschenbach, Bd. 116 *Lausbubengeschichten*, Ludwig Thoma, Bd. 117 *Lavinia - Pauline - Kora*, George Sand, Bd. 118 *Leben und Lüge*, Detlev von Liliencron, Bd. 119 *Lebensansichten des Katers Murr*, ETA Hoffmann, Bd. 120 *Lenz. Der hessische Landbote*, Georg Büchner, Bd. 121 *Lieutenant Gustl*, Arthur Schnitzler, Bd. 122 *Lord Jim*, Joseph Conrad, Bd. 123 *Luise*, Johann Heinrich Voß, Bd. 124 *Madame Bovary*, Gustave Flaubert, Bd. 125 *Märchen*, Wilhelm Hauff, Bd. 126 *Maria Stuart*, Friedrich v. Schiller, Bd. 127 *Max Havelaar*, Multatuli, Bd. 128 *Meister Floh*, ETA Hoffmann, Bd. 129 *Michael Kohlhaas*, Heinrich v. Kleist, Bd. 130

Minna von Barnhelm, Gotthold Ephraim Lessing, Bd. 131 *Moby Dick*, Hermann Melville, Bd. 132 *Nathan, der Weise*, Gotthold Ephraim Lessing, Bd. 133-1 und 133-2 *Nils Holgersson wunderbare Reise*, Selma Lagerlöf, Bd. 134 *Niels Lyne*, Jens Peter Jacobsen, Bd. 135 *Nußknacker und Mausekönig*, ETA Hoffmann, Bd. 136 *Oliver Twist*, Charles Dickens, Bd. 137 *Onkel Toms Hütte*, Herriett Beecher Stowe, Bd. 138 *Peter Schlemihls wundersame Geschichte*, Adalbert v. Chamisso, Bd. 139 *Peterchens Mondfahrt*, Gerdt v. Bassewitz, Bd. 140 *Pinocchio*, Carlo Collodi, Bd. 141 *Reinecke Fuchs*, Johann Wolfgang v. Goethe, Bd. 142 *Rheinmärchen*, Clemens Brentano, Bd. 143 *Rinaldo Rinaldini*, Christian August Vulpius, Bd. 144 *Robinson Crusoe*; Daniel Defoe, Bd. 145 *Romeo und Julia*, William Shakespeare Bd. 146 *Schach von Wuthenow*, Theodor Fontane, Bd. 147 *Schachnovelle*, Stefan Zweig, Bd. 148 *Schatzkästlein des rheinischen Hausfreundes*, Johann Peter Hebel, Bd. 149 *Schelmuffskys Reisebeschreibung*, Christian Reuter, Bd. 150 *Schloss Gripsholm*, Kurt Tucholsky, Bd. 151 *Siebenkäs*, Jean Paul, Bd. 152 *Sternstunden der Menschheit*, Stefan Zweig, Bd. 153 Tao te king, Laotse, Bd. 154 *Till Eulenspiegel*, Hermann Bote, Bd. 155 *Tolldreiste Geschichten*, Honorè de Balzac, Bd. 156 *Tom Jones, Geschichte eines Findelkindes*, Henry Fielding, Bd. 157 *Tom Sawyers Abenteuer und Streiche*, Mark Twain, Bd. 158 *Troquato Tasso*, Johann Wolfgang v. Goethe, Bd. 159 *Traumnovelle*, Arthur Schnitzler, Bd. 160 *Trost der Philosophie*, Boethius, Bd. 161 *Über den Umgang mit Menschen*, Adolph Freiherr v. Knigge, Bd. 162 *Uli der Knecht*, Jeremias Gotthelf, Bd. 163 *Uli der Pächter*, Jeremias Gotthelf, Bd. 164 *Ungeduld des Herzens*, Stefan Zweig, Bd. 165 *Ut oler Welt*, Wilhelm Busch, Bd. 166 *Vater Goriot*, Honorè de Balzac, Bd. 167 *Väter und Söhne*, Ivan Sergejeviç Turgenev, Bd. 168 *Verlorene Illusionen*, Honorè de Balzac, Bd. 169 *Von der Freiheit eines Christenmenschen*, Martin Luther – Bd. 170 *Von der Ursache, dem Prinzip und dem Einen*, Bruno Giordano, Bd. 171 *Vor Sonnenuntergang*, Gerhard Hauptmann, Bd. 172 *Walden oder Leben in den Wäldern*, Henry D. Thoreau, Bd. 173 *Wilhelm Meisters Lehrjahre*, Johann Wolfgang v. Goethe, Bd. 174 *Wilhelm Meisters Wanderjahre*, Johann Wolfgang v. Goethe, Bd. 175 *Wilhelm Tell*, Friedrich v. Schiller

Von demselben Herausgeber sind bei BOD bereits erschienen:

Alle Tage Feiertage
ISBN 978-3-7386-0409-2, 280 S.
Allerlei Anlässe zum Aktionieren, Feiern und Gedenken

100 Kinderlieder
ISBN 978-3-7322-3024-2, 112 S.
100 Kinderlieder, altbekannt und immer wieder gern gesungen

Liederbuch (Deutsche Volkslieder)
ISBN 978-3-8423-6702-9, 312 S.
300 Volkslieder aus 8 Jahrhunderten und aller Herren Länder

Sagen und Erzählungen aus Marburg und Oberhessen
ISBN 978-3-7347-8909-0 , 164 S.
Allerlei Schwänke und Geschichten aus dem Marburger Land

Tausenderlei über die Freiheit
ISBN 978-3-7322-9721-4, 140 S.
Mehr als 1000 Zitate, Bonmots und Aphorismen über die Freiheit

Tausenderlei über das Glück
ISBN 978-3-7322-5525-2, 160 S.
Mehr als 1000 Zitate, Bonmots und Aphorismen über das Glück

Tausenderlei über die Liebe
ISBN 978-3-8423-7474-4, 140 S.
Mehr als 1000 Zitate, Bonmots und Aphorismen zum Thema Nr. Eins

Weihnachtsgedichte– Verse, Reime und Gedichte zum Fest
ISBN 978-3-7347-6393-9, 352 S.
290 Werke bekannter und unbekannter Dichter zu Weihnachten

Weihnachtsgeschichten - Erzählungen und Märchen
ISBN 978-3-7347-6404-2, 392 S.
85 kurze und lange Texte zur Weihnachtszeit

Weihnachtsgeschichten 2
ISBN 978-3-7481-7533-9, 360 S.
35 kürzere und längere Geschichten zur Weihnacht

100 Weihnachtslieder
ISBN 978-3-7322-3375-5, 112 S.
100 Weihnachtslieder aus der Heimat und der ganzen Welt